新雅
名著館

長腿叔叔
（附思維導圖）

原著　珍・維伯斯特〔美〕
撮寫　宋詒瑞

U0108447

新雅文化事業有限公司
www.sunya.com.hk

文學名著，具有永久的魅力。一代又一代的讀者，曾從中吸取智慧和勇氣。

　　面對未來競爭性很強的社會，少年兒童需要作好準備，從素質的培養、性格的塑造、心理承受力的加強、思維方式的形成、智力的開發，以及鍛煉堅強的意志，都是重要的課題。家庭教育的單調、學校教育的局限、社會教育的不足，使孩子們面對許多新問題感到困惑。而文學名著向小讀者展現豐富的世界，通過書中具體的形象、曲折的情節，學會觀察人、人與人的關係，和錯綜複雜的社會矛盾。可以說，文學名著是人生的教科書，它像顯微鏡一樣，照出人的內心世界和感覺。通過書中人物的命運，了解社會，體會人生，不知不覺地得到啟迪心靈的鑰匙。而名著中文學的美，語言的美，更是滋潤心田的清泉。

　　然而，對於年紀尚小的讀者來說，這些作品原著的篇幅有些長，這套縮寫本既保留了原著的精髓，又符合小讀者的能力和程度，是給孩子開啟文學大門的最佳選擇。

著名兒童文學作家

葛翠琳

1912年，小說《長腿叔叔》在美國一出版，就受到各界好評，深為讀者喜愛，它的成功絕不是偶然的。

　　首先，這是一部形式獨特的小說。除了第一部分以外，通體以書信形式出現，但這些信件又是單向性的——受神秘人資助上大學的一個孤女，每月寫信給贊助人報告學習情況，但她不知道贊助人是誰，也不會得到回信。可是整部小說令人讀來絲毫不覺沉悶——對校園生活的生動描寫、對孤兒心靈的細膩刻劃、對親情友情愛情的熱烈歌頌……配以出之孤女之手的誇張幽默的插圖，加上懸疑情節的鋪陳和出人意表的結局，使人一讀就被深深吸引。

　　書中女主角具有開朗樂觀、獨立好強、真誠善良的性格，堅信「有志者事竟成」，通過不懈的努力，終於在逆境中闖出一條新的人生路。對青少年來說，這是一部寓教育於娛樂的絕好勵志讀物。

目錄

思維導圖讀名著

　　思維導圖的圖像和結構是一種有效的學習工具，可以滿足不同閱讀風格和學習偏好的讀者需求。這種多元化的閱讀方式促使讀者更積極地參與閱讀，從而加深對作品的理解和感受。

　　《新雅·名著館：長腿叔叔》（附思維導圖）在故事後增加了三張思維導圖，以思維導圖的方式解讀經典名著，幫助讀者更好地掌握故事的脈絡、分析人物性格並從故事中獲得深刻的感悟。

思維導圖 1 故事脈絡梳理

　　能夠幫助讀者更清晰地理解故事的脈絡和結構。通過視覺化的思維導圖，讀者可以一目了然地看到故事中的主要事件、情節發展，有助於讀者更好地把握整個故事的大綱，使閱讀體驗更加豐富和深入。

思維導圖 2 人物形象分析

　　提供了詳細的人物描述，包括他們的個性和心理狀態。這使得讀者能夠更好地了解每個角色的性格特點和變化，進一步推動故事的發展，更好地理解和體會作品中的人物。

思維導圖 3 主題思想及感悟

　　為故事的主題和重要場景提供了深入的思考方向，這有助於讀者更有意識地從作品中獲得深刻的思考和感悟，從而提升閱讀體驗的深度和價值。

　　通過思維導圖的結構，讀者可以輕鬆生成閱讀摘要，捕捉故事的主要觀點和重要細節，使讀者更能從文學作品中獲益。**開拓思維和想像力，產生新的見解、思考，深入了解作品的主題和內容，從而加強閱讀分析能力，提高語文水平。**

第一部分

討厭的星期三

對於吉露莎來説，每個月的第一個星期三是個討厭的日子。因為每逢這一天，她必須在葛利爾孤兒院裏忙碌一天——為了迎接贊助人的到來，地板要擦得光亮，桌椅一塵不染，牀鋪不能出現一條皺摺。她還得幫九十七個小孤兒梳洗乾淨，給他們穿上**漿洗**①好的制服，提醒他們注意禮貌。

誰叫吉露莎是孤兒院裏年紀最大的女孩呢，所以她必須負起這責任。和往常一樣，今天這個辛苦的日子終於會熬過去的。她做完了客人們用的三明治，從廚房裏逃了出來，上樓去把孩子們集合好，帶到餐廳去用餐。

工作已告一段落，吉露莎累得跌坐在窗邊的椅子上，渾身沒勁。從清早五點開始忙到現在，莉貝特院長叫她做這做那，一刻也沒停過，做得不好還要被罵。這個院長，在贊助人面前是多麼莊重文雅，其實並不如此呢！

今天大家的表現總算不錯，沒出什麼漏子。贊助

---

①**漿洗**：衣物洗淨後，用粉漿或米湯泡浸，使其乾後發硬發挺。

人和視察嘉賓們已巡視一周，聽取了工作簡報，用了茶點，正要離去。吉露莎從窗口好奇地望着那些馬車和小汽車開出大門，她想像自己坐在車裏，去到山上的豪宅門口。儘管她的想像力一向很豐富，但也無法把她帶進房子裏去。因為可憐的小吉露莎在自己十七年的生命裏，還從來沒有到過任何人的家，她不能想像一個普通家庭的生活是什麼樣的。

「吉露莎，辦公室有人找你，快去呀！」**唱詩班**[①]的湯米一邊哼着歌一邊上樓，見到她後大聲説道。

「誰找我？」吉露莎從幻想中猛醒過來。

「莉貝特院長，你要小心，看來她快氣瘋了。阿門！」

吉露莎一言不發走下樓去，心中納悶自己在哪兒出了差錯？三明治切得太厚了？蛋糕裏有蛋殼？還是……哪個孩子冒犯了客人？

樓下的走廊裏還沒有點燈，吉露莎下樓時見到最後一位贊助人正要離去，他的身材很高。當他的車駛

[①] **唱詩班**：基督徒在做禮拜時唱讚美神的詩歌的合唱隊。

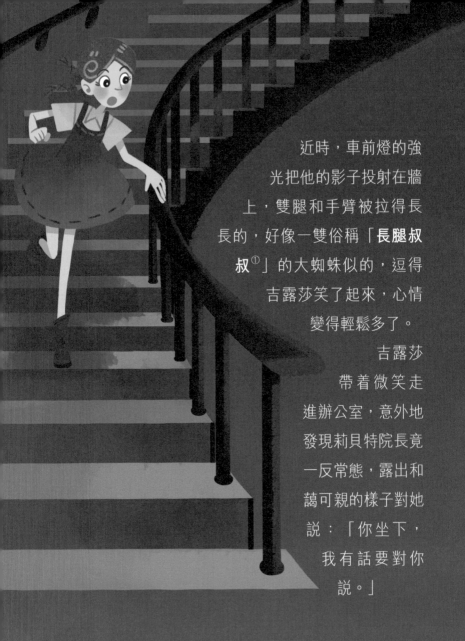

近時，車前燈的強光把他的影子投射在牆上，雙腿和手臂被拉得長長的，好像一雙俗稱「**長腿叔叔**①」的大蜘蛛似的，逗得吉露莎笑了起來，心情變得輕鬆多了。

吉露莎帶着微笑走進辦公室，意外地發現莉貝特院長竟一反常態，露出和藹可親的樣子對她說：「你坐下，我有話要對你說。」

---

① **長腿叔叔**：一種大蜘蛛的俗稱，此種蜘蛛有四對長腳。

吉露莎坐了下來，緊張地等待着。

　　院長問：「你看見剛才離開的那位先生了嗎？」

　　「我只見到他的背影。」

　　「他是我們贊助人之中最有錢的一個，給我們捐了很多錢，還曾送了我們這裏的幾個男孩子去上大學，卻從來沒有資助過女孩子，我想可能是那位先生討厭女孩吧。」

「喔，不，不會是這樣的吧。」吉露莎輕聲喃喃道。

「在今天的例會上，我們談到了你的前途。」院長慢條斯理地說着，好像故意在折磨吉露莎的神經，「你也知道，通常孩子們到了十六歲就得離開孤兒院，你是個例外。自從你十四歲在本院的學校畢業後，因為成績優秀，所以把你送到村裏的高中繼續上學。現在你快畢業了，孤兒院不能再負擔你了，你已經比別人多讀了兩年。」

院長怎麼沒有提到這兩年裏吉露莎為孤兒院做了多少事呀！為了掙到自己的學費和食宿，她隨叫隨到，拚命地幹，毫無怨言。就說今天吧，她也是向學校請了假來幫忙的。

「所以今天我們討論了你的出路問題，仔細研究了你的每一個方面。你的各科成績都不錯，尤其是英語。視察委員會的普麗查小姐很誇獎你，還在會上讀了你的一篇作文，題目是《討厭的星期三》。」

吉露莎簡直是愧疚得無地自容了！

「你把撫養你長大的孤兒院寫成這樣，未免太忘

恩負義了。好在文筆生動流暢，不然不能原諒。幸運的是，剛剛離開的那位先生很有幽默感，就憑你這篇無禮的文章，他決定送你去上大學。」

「送我上大學？」吉露莎瞪大了雙眼。

莉貝特院長點點頭。

「他留下來和我詳細談了這件事。這次他破例資助女孩子，是因為他覺得你很有創作才華，想培養你成為一個作家。」

「成為作家？」吉露莎的頭腦發麻了。

「這是他的願望，能不能實現就看你了。他負擔你上學的一切費用，他安排得很周全。這個暑假你可以留在這裏，普麗查小姐樂意幫你準備上學用的衣物等一切必需品。大學四年的學費和住宿費，那位先生會直接匯給學校；每個月你還能得到三十五元零用錢，他的秘書會寄給你，這樣你完全可以和其他同學一樣過日子。只是，他的條件很古怪——你必須每個月寫一封信給他，不是要你感謝他的錢，而是要你詳細寫下你的學習進度和生活情況，就像你向父母報告那樣。

「你的信寄給他的秘書，寫明『約翰 · 史密斯先生收』就可以了，當然這不是他的真名，他的捐助一向是不願被人知道的。

「那位先生要你寫信的原因是，他覺得這樣可以訓練你的寫作能力，他也能知道你在學校有沒有進步。可是，他不會給你回信的，他不喜歡寫信。假如有急事想找他，你可以聯絡他的秘書高利斯先生。記住！你一定要按時寫信，這是你的義務，也是你對史密斯先生的答謝。別忘了，你是在給葛利爾孤兒院的一位重要贊助人寫信，態度要認真、謙恭……」

吉露莎興奮莫名，只想快點跑出這間屋子，獨自咀嚼和消化這份天大的喜悦。她站起身來，望着房門：「謝謝你，太太。假如沒有別的事，我想回去為孩子補褲子了。」

院長的長篇教訓只開了個頭，她無可奈何地望着吉露莎衝出房門，消失在走廊裏。

第二部分

吉露莎·艾伯特
給
長腿叔叔史密斯先生的信

送孤兒上大學的親愛的好心的叔叔：

我終於到學校了！昨天坐了四個小時火車到這裏，我從來沒坐過火車，這感覺真奇妙！

學校大極了，我常常在校園裏迷路。課程要到下星期一才開始，所以我以後再給您詳細報告學校的情況，今天先互相認識一下，好嗎？

給一個陌生人寫信，感到怪怪的。寫得不好的地方，請您原諒。

我離開孤兒院時，院長千叮萬囑，要我如何為人處世，如何不忘您的恩典。我真的非常非常感激您為我所做的一切，因為從來沒有人這麼關心我，我好像忽然有了親人，有了自己的家似的，我真的好高興啊！

但是一想到您，我的頭腦空空的，我只知道三件事：

一、您很高。

二、您很有錢。

三、您討厭女孩子。

我想稱您為「討厭女孩的先生」，但這傷害我的

自尊。稱您「有錢先生」吧，又似乎對您不敬，好像
錢對您是那麼重要。其實錢財只是身外之物，誰也不
能保證自己一輩子富有，很多聰明

人在華爾街傾家蕩產。可是您的高
個兒身材卻是一輩子都改變不了的
事實，好！我決定稱呼您為「親愛
的長腿叔叔」，希望您別介意。這
只是我和您之間的小秘密，請不要

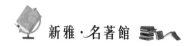

告訴莉貝特院長呀。

再過兩分鐘就十點，該睡覺了。我們一天的生活是以鈴聲來分段的。聽，鈴響了！要熄燈了，祝您晚安！

瞧我多麼遵守規則，這該歸功於孤兒院對我的訓練。

最尊敬您的吉露莎·艾伯特
九月二十四日於費古遜樓二一五室

親愛的長腿叔叔：

我真愛這所大學，我真開心死了！我常常興奮得睡不着覺，做夢也沒想到自己能這麼幸福，真謝謝您送我來這兒，我為那些不能上大學的女孩感到難過。您年輕時上的大學肯定沒這麼好。

我的房間在頂樓，同一層樓還有三個女孩：一個是戴眼鏡的大四學生，她也住單間；一年級的莎莉和朱麗亞同住一間，紅頭髮的莎莉待人很和氣；朱麗亞是來自紐約的貴族小姐，還沒留意到我呢！

本來一年級生是不能住單間的，可能校方認為我這個孤兒不宜和別人同住，所以破例讓我單獨住，這倒使我格外輕鬆自在。我的房間有兩扇窗戶，景色很美。過去十八年來我一直和二十人同住一屋，如今能有自己的一間房，真是舒服極了！我好像第一次有機會重新認識吉露莎‧艾伯特這個人，我想我會喜歡她的。您會嗎？

十月一日

　　我可能被選入一年級的籃球隊。雖然我長得不算高，但動作靈敏，耐力好。別人往上跳時，我能在她們腳下竄來竄去把球搶到手。練球很有趣，球場上人人都在歡笑大叫，大家都很快樂，我是其中最快樂的一個。您希望我參加籃球隊嗎？

您的吉露莎‧艾伯特
星期二

　　又及：（晚上九點）莎莉剛把頭探進我房裏說：「我很想家，你呢？」我笑着回答：「我才不呢。」

沒聽說過有人會懷念孤兒院的吧，您說對嗎？

親愛的長腿叔叔：

您聽說過米開朗基羅嗎？這裏好像人人都熟悉他。當我在英國文學課上說他是位天使時，全班鬨堂大笑。我又曾經把美特林當成是我們大一的學生，使我尷尬極了。我深感自己的知識太貧乏，所以現在每當同學們在談論我不知道的事情時，我就不作聲，回去趕快查閱百科全書。

> **知識泉**
>
> 米開朗基羅（1475-1564）：意大利雕塑家、畫家、建築學家及詩人。
>
> 美特林（1862-1949）：比利時劇作家，是象徵主義戲劇的代表作家。

感謝您給我零用錢，我用它在**高班拍賣會**①上買了些家具。現在我房裏有了一張桌子、藤椅、椅墊、窗簾和一塊帶一片墨水漬的地毯，我把椅子放在墨水漬上面蓋住它，地毯看起來就完全沒問題了。

莎莉真是個好人，幫我選購和布置，她對一切

---

①**高班拍賣會**：高年級學生在畢業離校前，把自己不需要的物品拍賣。

都興致勃勃，和她在一起十分愉快。朱麗亞就不同了，她對什麼都感到厭煩，很高傲，自以為出身高貴，跟誰都合不來。我和她是水火不相容的！

您一定很想知道我的學習情況吧？

一、英語：學習表達法，我的風格正日益改善。

二、幾何：剛學完圓周，正學圓錐體。

三、拉丁文：第二次迦太基戰爭。

四、法文：《三劍客》第二十四頁。

五、生理學：正在教消化系統。

正在受教育的吉露莎·艾伯特

十月十日

> **知識泉**
>
> **第二次迦太基戰爭：** 羅馬與迦太基之間的戰爭，時為公元前208至201年。迦太基是公元前非洲北部的奴隸制國家（即今突尼斯）。公元前三世紀，開始與羅馬爭奪地中海西部的霸權，導至三次戰爭。迦太基失敗，淪為羅馬一行省。
>
> **《三劍客》：** 法國劇作家、小說家大仲馬寫的歷史小說。

又及：我希望您千萬別喝酒，長腿叔叔！因為酒會損害肝臟。

親愛的長腿叔叔：

我改名字了！

您知道嗎？我的姓是莉貝特院長從電話簿裏找出來的，不信的話您去翻一翻，艾伯特就在第一頁上。至於吉露莎這個名，是她隨手從一個基碑上看到後拿來給我的，我討厭這個名字。真希望莉貝特太太以後給嬰孩取名時要鄭重些。我現在為自己改名叫茱蒂，這個名字聽起來是一個有着美麗藍眼睛的可愛的小女孩，受到萬般寵愛。今後請您就叫我茱蒂。

我有三副羊皮手套了！我從沒戴過那種五指分開的真羊皮手套。現在我不時就戴着它們欣賞，好不容易才忍住自己不戴着去上課。

（晚飯的鐘聲響了，再見。）

星期三

您知道嗎？英語老師誇我的作文很有創意。我想，我的這點創造力一定是小時候偷偷在柴房門上用粉筆畫莉貝特院長而培養出來的。哈哈！

長腿叔叔，在大學裏功課倒不難，難的是在課餘休息的時候。同學們說說笑笑談論的事我都聽不懂，好像是個闖入地球的外星人一樣。在中學時也有這種情況，我可以感覺到自己臉上寫着「孤兒院」三個字，別人都冷眼對待。但在這裏，沒人知道我是在孤兒院長大的。我告訴莎莉說我父母早亡，一位好心的老先生幫我進大學。這是事實。希望您不會怪我不說真話，我只是想忘掉童年陰影，使自己和大家一樣。我深信我和她們沒什麼大區別，您說是嗎？不管如何，莎莉還是很喜歡我的。

　　　　　　　永遠是您的茱蒂・艾伯特（原名吉露莎）

　　　　　　　　　　　　　　　　　星期五

　　我剛才又重新讀了一遍這封信，覺得自己的心情不大好。但是不要緊，別為我擔心，到了下星期一我們要做很多作業，還要開始學習幾何。而且，我剛發現，我感冒了。

　　　　　　　　　　　　　　　　　星期六早上

昨天忘了寄這封信，現在再寫一些吧。今天早上，有一位主教來到我們學校講道，您猜猜他講了些什麼？

他有一句話令我印象深刻。他說：「聖經裏最珍貴的許諾是：常常會有窮人與你們在一起。」我想，他來講道的目的是想要我們日後從事慈善事業。

窮人？請你們睜開雙眼好好看看：窮人只不過是有錢佬家中豢養的牲畜而已。若不是為了要保持淑女風度，我真想上台去告訴他我的想法。

星期日

親愛的長腿叔叔：

我已加入了籃球隊，真想讓您看看我的戰績——左肩上一大塊青紫的瘀傷。朱麗亞也想參加，沒被錄取。真好哇！

您瞧，我是不是一個壞心腸的女孩？

朱蒂在打籃球

大學越來越可愛了，同學、老師、課程、校園、食物……每樣我都喜歡。每周能吃到兩次冰淇淋，再也不用喝玉米粥了。

您本來只要我每月寫一封信的，對嗎？可是現在我每隔一兩天就給您發信，因為這裏的一切都令我興奮，好想對人傾訴、與人分享，您是我唯一的熟人啊！請原諒我的嚕囌。若是覺得我的信煩着了您，把它扔進垃圾桶裏就是了。我保證十一月中旬以前不再寫信了。

嘮叨的茱蒂·艾伯特

十月二十五日

親愛的長腿叔叔：

您沒見過我的衣服吧？讓我來告訴您：我一共有六件漂亮的新衣服，它們是專為我買的，而不是別人穿過的舊衣。這對一個孤兒來說，是一件多麼了不起的事情！叔叔，假如您一生下來就一直只穿**方格布衣服**[①]的話，您就能體會我的心情。我在高中的情況更

慘，穿的是別人施捨的舊衣服。我坐在教室裏上課時總是提心吊膽，害怕鄰座的女孩就是我身上這套衣服的舊主人，她們會在我身後如何指指點點笑話我。如今，我有了自己的絲綢晚禮服、**禮拜服**[2]、餐服、西式套裝和便服，簡直叫我頭暈目眩了！這些都是您給我的，我真是非常、非常、非常感激您。

現在讓我來詳細告訴您我有些什麼衣服吧。

那件粉紅色的晚裝是最令我驕傲的！我終於有了一套赴宴會穿的禮服了，這在一年前是不可想像的事啊（告訴您，人人都說我穿上這套衣服十分漂亮）；星期日去教堂做禮拜時穿的那套衣服是藍色的，我很喜歡這種平和寧靜的顏色；若是參加聚餐會，我就穿那件鑲着東方型花邊的紅衣服，那看起來輕鬆一點（我覺得這套衣服帶有吉普賽風味）。除了這些以外，我還有一套玫瑰色的便服，一套上街穿的灰色西裝，以及在學校上課穿的普通服裝。

---

[1]**方格布衣服**：孤兒院裏規定全體孤兒應穿的制服，用統一的方格子布縫成。

[2]**禮拜服**：學校規定專為上教堂做禮拜時應穿的統一服裝。

您知道嗎？這些衣服對朱麗亞她們來説，根本算不了什麼。但是對我，對從孤兒院來的茱蒂而言，卻是破天荒的大事啊！

　　叔叔，讀到這裏，您會不會覺得我是個貪慕虛榮、講究打扮、心胸狹窄的壞女孩，讓這種女孩來花很多錢上大學，是不是浪費啊！

　　叔叔，您千萬別這樣想！我想您是個通情達理的好人，能了解我擁有自己的漂亮新衣服時的快樂心情。以前，每當我意識到自己身上穿着的是別的女孩丟棄的衣服時，那種心裏的痛苦就像是有無數條小蟲在啃噬自己的靈魂。儘管那些衣服常常是相當新相當漂亮的絲綢服，可是，正因為它們不是專門為我而做的，不是我自己所有的，我就不會感到好過，我心中的傷痕就永遠不能撫平。

　　而且，這些新衣服都是莎莉陪我去商店，並幫我挑選的。每次，當我一想起現在身上穿着的衣服不是莉貝特院長規定我穿的，心中就不由得要千謝萬謝上帝。

　　　　　　　　　　　　　茱蒂·艾伯特

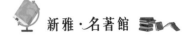
又及：我知道您不會回信，我也不該問您什麼問題。但是，長腿叔叔，請允許我只問一次，下不為例：請告訴我，您是非常老了還是只有一點老？您的頭髮是完全脫落了，還是微禿？對我來說，您就像幾何定理那樣，太抽象了。一個身材高高的有錢人，討厭女孩，卻對我這個粗野無禮的女孩那麼慷慨，這個人該是什麼模樣的呢？我無法想像。

等您回覆。

十一月十五日

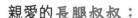

親愛的長腿叔叔：

您沒有回覆我，那可是個非常重要的問題啊：

您禿頭嗎？

我給您畫了一張肖像，畫到頭部時我不知該如何落筆。您的頭髮是黑的、白的、灰的，還是光頭？我不知道。

在我畫中的您，眼睛是灰色的，濃濃的

眉毛像**廊簷**①般突出着，兩邊嘴角下垂。您看！我估計您一定是個行動敏捷、脾氣暴躁的老傢伙。

（做禮拜的鐘聲響了）

十二月十九日

　　我為自己作了一項新規定：不管第二天早上有多少測驗，晚上絕不溫習功課，只是看閒書。

　　我不得不這樣做。您知道，過去十八年裏我學得太少了，什麼《灰姑娘》、《簡愛》、《魯濱遜漂流記》、《愛麗絲夢遊仙境》、《塊肉餘生》等書我都沒看過。我也不知道雪萊是誰，亨利八世結過幾次婚；也許您不信，但我真的從沒見過《蒙娜麗莎》畫像，沒聽說過福爾摩斯此人。

　　如今，這些我全都知道了，但還遠遠不夠，我要加倍努力才

> **知識泉**
>
> 雪萊(1792-1822)：英國十九世紀上半期與拜倫齊名的浪漫主義詩人。
>
> 福爾摩斯：英國小說家柯南道爾在小說中虛構的一位私人偵探，他與助手華生醫生一起工作，料事如神，破案迅速。此套偵探小說風靡全球。

---

①**廊簷**：房屋入口處帶有頂棚的門廊，用以避雨或休憩小坐。

行。每天我最盼望的是黃昏的來臨，我在門上掛了「請勿打擾」的牌子，穿上舒適的睡袍和拖鞋，靠在椅墊上就着枱燈，我就讀呀、讀呀、讀個沒完。這真是最愜意的事！上個月我花了一元多零用錢買了一本《小婦人》，因為我發現在大學裏只有我一人沒與這本書一起成長。

（十點的鐘聲響了，這封信被多次打斷。）

晚上九點四十五分開始寫的信

先生：

　　下星期要放聖誕假了，走廊裏堆滿了同學們要帶回家過節的行李。我打算和另一個不回家的同學一起去遠足、學溜冰。我有整整三個星期的時間可以看整

座圖書館的書，我想這個假期我會過得很愉快的。

再見，長腿叔叔，希望您也和我一樣快樂。

您的**茱蒂**

星期日

又及：別忘了回答我的問題。如果您覺得寫信麻煩，就請您的秘書打個電報，他只需説：「史密斯先生禿頭」，或「史密斯先生不禿」，或「史密斯先生白髮蒼蒼」就行了。您可以在我的零用錢裏扣二角五分電報錢。明年一月再見了，祝您聖誕快樂！

星期日

親愛的長腿叔叔：

您那裏下雪了嗎？這裏已是白茫茫的一片銀色世界，雪花像爆米花那樣紛紛飄落。已是黃昏時分，我坐在我的塔樓的窗前給您寫信。

您給我五個金幣真是個意外的驚喜，我還不習慣收到聖誕禮物呢。您已經給了我這麼多，我不該再額

外多拿了，不過我真是非常高興。您想知道我用這些錢買了什麼嗎？

我買了七樣東西，裝在一個盒子裏，假裝是我加州的家人寄來的禮物：爸爸送我一隻銀手錶，讓我掌握時間；媽媽送一條毯子，因為我的房間很冷；奶奶送熱水瓶，她怕我在冬天着涼；弟弟送我五百頁稿紙，因為我將成為一個作家了；妹妹送我一雙長統絲襪，這樣我也可以像朱麗亞那樣穿着它盤腿坐在牀上了；姨媽送我馬修的詩集；舅舅送我一本同義詞詞典。您不反對我這麼做吧？

這個假期裏，我和德州來的娜拉常在附近散步。有一天，我們還走到一個小鎮的餐廳去吃了一頓龍蝦餐，那裏的食物又便宜又有營養。

這樣的生活很有趣，和以前孤兒院的生活完全不同。我很喜歡娜拉，當然我最喜歡的是莎莉，她是我有生以來除了您之外的最好朋友。您永遠是第一位的，因為您是我全部親人的化身。

上星期五，費古遜樓的**舍監**①特別為沒回家的二十二個同學舉行了一個茶會，還讓我們自己進廚房

做甜點心。我們穿上白圍裙，戴上白帽，成了二十二個廚師。做出的點心不怎麼樣，我們卻把整個廚房弄得油膩膩、黏糊糊的。最後我們這些「廚師」排成一行，手拿刀叉、平底鍋或鍋鏟，浩浩蕩蕩走進教職員辦公室去，請老師們享用我們的傑作，真有趣！

過兩天就要開學了，我很想見到同學們，現在有點寂寞。本來只想寫封短信向您說聲謝謝，一下子就寫了這麼長。可憐的長腿叔叔，您大概看得煩了吧？真的該停筆了。

愛您的茱蒂·艾伯特

聖誕假末期，正確的日期記不得了

又及：叔叔，您看到我附上的圖畫作品以後，是不是覺得其實應該培養我成為一個畫家，而不是一個作家？

---

①**舍監**：管理學生宿舍的人員。

　　謝謝您總是想到我。現在我的心情一直很快樂，只有在想起二月份即將來臨的考試時稍微感到有點壓力，其餘一切都很好。我在學校裏學到了很多很多，包括各個方面的。學校生活把我完全改變成另外一個人，好似脫胎換骨了那樣。這裏的一切對我來說，都是新鮮有趣的。目前的生活和孤兒院的生活相比，簡直是天上地下！每次走進幽靜美麗的校園，就有一種囚犯脫離了監獄的自由輕鬆感。有好幾次，當我沉浸在快樂和興奮的情緒中時，得意得差點說漏了嘴，幾乎洩露了孤兒院的秘密。要不是我有您這個可以傾談的對象，我想總有一天我會爆炸的。寫到這裏，真是又要由衷說一句：感謝您，好叔叔！

　　還有，我署名為「愛您的茱蒂·艾伯特」可能有些不妥，請您別介意，也求您原諒我。我是這樣想的：應該有人可以被我愛，我一定要愛什麼人。而我認識的人很有限，可以說只有您和莉貝特院長。對您說老實話：我真是不喜歡莉貝特院長，我只想愛您。

　　加得太多了，就此止筆吧。

親愛的長腿叔叔：

您真該看看我們全校同學努力溫書迎考的用功勁兒！這四天裏我背熟了五十七個**不規則動詞**[①]，希望至少在考試前不會忘掉。

有的同學升級後就把舊課本賣掉，我打算留着。畢業以後我會把這些讀過的書全放在書架上，還可隨時取閱。人腦畢竟有限，還是把書放在身邊比較保險。

今晚朱麗亞在我房裏坐了整整一個小時，談她的家族，還問我母親的名字。我沒勇氣説我不知道，就胡謅説是蒙哥瑪莉。我的心好悲哀啊！朱麗亞的母親姓路賽福特，是來自挪亞方舟的家族，還是亨利八世的姻親呢！喲，太睏了！大一新生可真夠苦的。

> **知識泉**
>
> **挪亞方舟**：根據基督教《聖經》記載，上帝為消滅地上的惡人而準備製造一場洪水，一個名叫挪亞的好人得到上帝指示，建造一艘長方木櫃形大船，帶着家人和地上的動物上船，避過了這場洪水。

快要赴考場的**茱蒂·艾伯特**

除夕晚

[①]**不規則動詞**：詞根的時態變化非按一般常規進行的一些動詞，要靠硬背來記住它們的不同時態形式。

親愛的長腿叔叔：

我有一個很壞、很壞、很壞的消息要告訴您，但我不想這樣開始，讓我先說些開心的事吧。

吉露莎・艾伯特要當作家啦！我的一首詩《塔樓遠望》刊登在二月份校刊的第一頁，對一個新生來說真是很大的光榮。我的英語老師說詩寫得很動人，您想讀的話，我會寄一份給您。

還有，我已經學會在冰上自在地滑來滑去；還能在體育館頂的繩索上溜下來；跳高已過三呎六吋，正向四呎進軍。

一月新聞

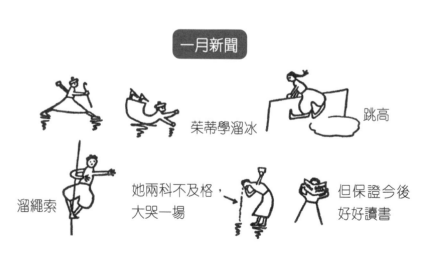

茱蒂學溜冰

跳高

溜繩索

她兩科不及格，大哭一場

但保證今後好好讀書

現在不得不講那個壞消息了。茱蒂，拿出勇氣來！

我的數學和拉丁文都不及格，下月補考。假如您為此感到失望的話，我就會很難過，不過我並不在意，因為我在課餘讀了十七本小說和許多詩集，連《羅馬帝國》那麼艱深的書都讀完了第一卷。叔叔您看，這是不是比死啃拉丁文有意思得多？不過，我保證下次再也不會不及格了。請您原諒我這次，好嗎？

悲痛的**茱蒂**

星期天

＊＊＊

親愛的長腿叔叔：

這是一封額外的信，因為今晚我感到很寂寞。街外風雪交加，我喝了濃咖啡，睡不着。

今晚我請了莎莉、朱麗亞和娜拉來共進晚餐，

我準備了沙丁魚、烤鬆餅、沙拉和咖啡等食品。吃飯時，她們都在談論自己的祖母。莎莉有一個祖母，朱麗亞和娜拉有兩個——另一個是外祖母。我真想有個自己的祖母。叔叔：您能暫時充當我的祖母嗎？我會到城裏去買一頂可愛的**蕾絲帽**①，作為送給您八十三歲的生日禮物。

噹！噹！……

教堂的鐘敲響了十二點，我終於想睡了。

晚安，祖母！我愛您。

茱蒂

親愛的長腿叔叔：

您猜您現在在幹什麼？猜不到吧，我正在讀那困難的拉丁文！我是不是很乖？是不是變得很懂事？最近一段日子我一直在努力讀拉丁文，不僅僅是為了要應付補考，我越讀越來勁，簡直是喜歡上它了。我

---

① **蕾絲帽**：綴有花邊的軟帽子。

很後悔以前沒有重視它，我想以後我一定會繼續讀下去，會用功學好它的。

我的補考日期已經知道了，定在下星期二的第七節課。我心中沒底，不知道能不能通過。不管怎樣，我會全力以赴，盡量做得最好。我不能以怨報德，不能辜負您培養我的一番心血呀。我會以第一時間把補考結果告訴您的，無論是好消息還是壞消息，無論我是興高采烈的還是垂頭喪氣的。

匆忙中的茱蒂

三月十五日

長腿叔叔史密斯先生：

您從來不回答我的任何問題，您對我漠不關心，您大概是世界上所有可惡的贊助人之中最可惡的一個。我對您一無所知，甚至連您的名字也不知道。我想您一定看也不看我寫的信，而是統統丟進了垃圾桶。今後我只向您報告學業情況，再也不說別的了。

上星期補考了拉丁文和數學，我及格了。

吉露莎・艾伯特

三月二十六日

親愛的長腿叔叔：

我簡直是個畜生！

請原諒我上一封無禮的信。那晚我極不舒服，喉

嚨很痛，情緒不好，覺得自己又
孤獨又可憐。原來我得了感冒，
加上扁桃腺發炎，住在校醫院已
經六天了。我掙扎着要給您寫這
封信，請求您
的原諒。若是您不原諒我，我的
病是不會好的。

知識泉

扁桃腺：分布在上呼吸道內的一些類似淋巴結的組織，通常指齶部的扁桃體，左右各一，因形狀像扁桃而得名。

看看我現在的可憐相也許您
就會同情我了——我頭上纏着繃
帶，像一隻長耳朵的兔子。我又
發抖了，不能再寫了。請原諒我的粗魯無禮和忘恩負

義，我自幼缺乏家教。

愛您的**茱蒂‧艾伯特**
四月二日

親愛的長腿叔叔：

　　昨天護士拿來一盒您送的漂亮的玫瑰花，使我驚喜萬分。更高興的是有一張您親筆寫的問候條。謝謝您，長腿叔叔！我竟像個小孩一樣，倒在牀上大哭了起來。我現在知道您確實讀我的信，我以後會更認真地寫。但是請您一定要把那一封糟糕的信燒掉，真希望您從沒看到它。

　　再見！我保證再不討人厭了，因為我現在知道您確有其人，我再不會用任何問題來煩您了。您還是討厭女孩子嗎？

永遠是您的**茱蒂**
四月四日在校醫院

親愛的長腿叔叔：

今天我回想起以前發生在孤兒院的一件有趣的事，特地提筆寫信和您說說。您一定知道這件在當時是很轟動的事的，但願您千萬不是那個一屁股坐到癩蛤蟆的倒楣贊助人！後來，那隻闖禍的癩蛤蟆不知跑到哪兒去了，可能是「畏罪潛逃」了吧。我還聽說，那是一隻又肥又大的上等癩蛤蟆哩！

事情是這樣的，現在我可以向您從實招來。

每年到了癩蛤蟆出動的季節，我們這些孤兒院的孩子就多添了一大樂事——我們會常去捉些癩蛤蟆回來，養在窗口旁的洞洞裏，時時輪流去看看這些有趣的小客人，為自己枯燥的生活抹上一層色彩。

當然，這些小傢伙們怎會安安分分地守在洞裏？牠們是天生的活動分子，總想往外跑。一到洞外的廣闊天地，那就亂了套。有時牠們會鑽進待洗的髒衣服堆裏，把洗衣工嚇得哇哇大叫。結果當然是我們因此而受到了重重的處罰。但是罰管罰，玩管玩，我們照樣去捉去養癩蛤蟆，一點兒也不在乎。

那天，一隻癩蛤蟆真是玩過了火！就是那隻最

大、最肥、滿身是肉的癩蛤蟆竟然一頭鑽進了會議室，而且跳上一張大皮椅，大模大樣地坐在那裏一動也不動。糟糕的是那天正好召開贊助人會議，贊助人陸續入座，誰也沒注意到這癩蛤蟆已經「捷足先登」，於是，你們其中的一位「幸運兒」就中了招……

叔叔，那天您也在場的，記得嗎？那次我們受到的處罰是罪有應得。

星期一，第八節課

親愛的長腿叔叔：

我現在最喜歡的書是《咆哮山莊》，我正在讀它。愛米莉當時很年輕，也從沒離開過她的小天地，她怎麼能寫得這樣好呢？我就不能。我也年輕，也沒離開過孤兒院，我什麼也沒寫出來。有時我覺得自己不是

> **知識泉**
>
> 《咆哮山莊》：英國女作家愛米莉・勃朗特 (1818-1848) 的成名之作，也譯作《呼嘯山莊》。

天才，一無是處。長腿叔叔，假如我以後成不了大作家，您會很失望吧？

春天來了，窗外百花齊放，欣欣向榮。我真想拋開書本到外面去走走看看，那裏充滿了刺激和冒險，肯定比讀書、寫書有趣得多！

啊呀，天花板上掉下來一隻蜈蚣！聽見我的驚叫後，莎莉跑來，順手拿起我的梳子去拍打蜈蚣。蜈蚣的上半段雖然被打死了，但是，剩下的後半段約有五十隻腳，卻溜到衣櫃下面去了。這多足的傢伙真令人毛骨聳然。

星期四從教堂回來後

今天倒楣的事接二連三：起牀晚了，匆忙穿衣時扯掉了領扣、拉斷了鞋帶。上課遲到，鋼筆漏水，與幾何老師爭論。午飯難吃，信箱裏只有賬單……更令人喪氣的是整天下雨不停，打高爾夫球的計劃就告吹了！

下午我們上英文課，誰知老師給我們來了次突擊測驗！她在黑板上寫了一首詩，要我們讀後加以評

論。

　　這下真叫我傻了眼！我把這首詩匆匆看了一遍，發現自己以前從來沒讀過，不知這是誰寫的。更糟的是，儘管詩中的每一個字都認識，但我竟看不懂它的意思，不知道它在講些什麼。我把它讀了又讀，努力想理解它，但仍是毫無頭緒，急得我都出了汗。回顧周圍的同學，也都是愁眉不展地坐在那裏苦思苦想，看來全被它難倒了。整整四十五分鐘的一堂課就這樣泡掉了，我們面前的試卷和我們的頭腦一樣，一片空白！

　　這倒楣的一天還沒完呢，下面還有更氣人的事。

　　下課後回到宿舍，見到有我的一個郵包，心頭一喜，知道是我訂做的春裝送來了，急急拆開取出，興奮地對鏡試穿。可是……唉，您猜怎麼着？裙子縫得太窄了，穿了它根本坐不下來！

　　每個星期五是學校的清潔日，女僕把我桌上的紙張都混在一起了。今天學校請人來作演講，題目是「怎樣成為一個有品味的女子」。我們在教堂裏聽講，比平時多待了二十分鐘。上拉丁課時的座位是按

姓氏的頭一個字母順序安排的，所以我旁邊坐的也是一位姓氏是A起頭的同學。她總是臉孔鐵板，死氣沉沉的樣子。我真希望當年莉貝特院長用Z開頭來挑我的姓呢。這個女孩來找我問課程的事，還待了一個小時才離開。

您聽說過有人在一天內碰到這麼多倒楣事嗎？

人不只是在大禍臨頭時才顯出英雄本色，對於日常生活中的煩惱也要有勇氣一笑置之。我要培養這種精神，把人生當作一場遊戲，我會全力以赴，贏了、輸了，都能超然對待。

親愛的長腿叔叔，我保證再也不會向您抱怨這些瑣事了！

永遠是您的茱蒂
星期五晚上九點半

長腿叔叔：

莉貝特院長來信說，我暑假大概沒別的地方去，叫我回孤兒院去工作以維持生活。

我恨孤兒院，寧死也決不回去。

您忠實的吉露莎·艾伯特

五月二十七日

親愛的長腿叔叔：

謝謝您的提議，我從沒去過農莊，我很想去。這樣我就不必回孤兒院去洗一個夏天的盤子了，依我現在的脾氣，很可能會把那些盤子全都砸爛呢。我以前在孤兒院做過很多淘氣事，回想起來感到內疚。我現在太幸福了，我要努力向善，待人和藹親切。這個暑假我要不斷地寫，要成為一個大作家。這是不是一個很個偉大的目標？

現在我要向您介紹一下我們的校園。五月的校園景色真迷人：蔥鬱的樹木、鮮豔的花朵，草地上開滿蒲公英，點綴着穿春裝的少女。真希望您能來這裏，我會帶您四下參觀，向您介紹説：「這是圖書館，那是校醫院，您左邊的哥德式建築是體育館……」今天我就這樣當了一天的導遊！

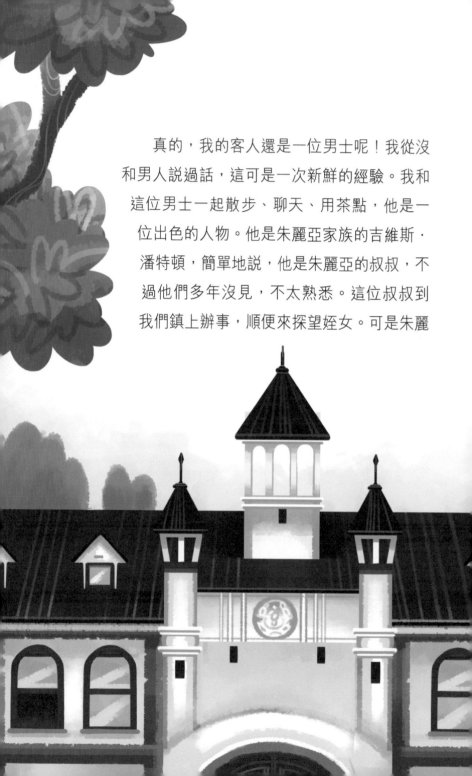

真的，我的客人還是一位男士呢！我從沒和男人說過話，這可是一次新鮮的經驗。我和這位男士一起散步、聊天、用茶點，他是一位出色的人物。他是朱麗亞家族的吉維斯·潘特頓，簡單地說，他是朱麗亞的叔叔，不過他們多年沒見，不太熟悉。這位叔叔到我們鎮上辦事，順便來探望姪女。可是朱麗

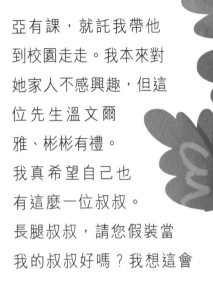

亞有課，就託我帶他
到校園走走。我本來對
她家人不感興趣，但這
位先生溫文爾
雅、彬彬有禮。
我真希望自己也
有這麼一位叔叔。
長腿叔叔，請您假裝當
我的叔叔好嗎？我想這會

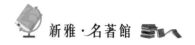

比當祖母好得多。

　　潘特頓先生使我想起了您，他和您一樣，也是高高的個兒。他長得瘦瘦的，皮膚很黑，笑起來兩邊嘴角上翹。他平易近人，令人覺得好像早就認識了他似的。

　　我們逛遍了整個校園。他說他走累了，我們便去大學餐廳，坐在陽台上的小桌旁喝茶，吃點心和冰淇淋。我們談得很愉快。後來他要趕火車，只和朱麗亞匆匆見了一面就走了，為此朱麗亞不太高興。

　　今天早上，朱麗亞、莎莉和我都收到了快郵寄來的一盒巧克力。怎麼樣叔叔，開始有男士送我巧克力了！我覺得自己是個淑女而不是孤兒了。希望您哪天也能來我們學校喝茶，讓我看看您是否是那種我喜歡的人。如果我不喜歡您，這就糟了。不過，我想我一定會喜歡您的。

　　　　　　　　　　　永遠不會忘記您的 茱蒂
　　　　　　　　　　　五月三十日

親愛的**長腿叔叔**：

今天我真高興！考完了最後一科，現在可以去農莊住三個月了！

我不知道農莊是怎麼樣的，但我知道一定會喜歡它，我喜歡自由自在的感覺。我有些緊張，好像還沒離開孤兒院，莉貝特太太隨時會來抓我回去似的，所以我不能回頭，要趕快逃走。這個夏天我什麼也不用擔心，什麼人也不用怕，我已長大成人了！

就寫這些，我要收拾行裝了。

永遠是您的**茱蒂**

六月九日

最親愛的**長腿叔叔**：

我剛剛到，行李還沒打開。我急忙給您寫信，為的是要告訴您我多麼喜歡農莊，這是一個美得像天堂的地方！

這裏的房子是一座四方的古老建築，有一百多年歷史了。正門很漂亮。房前有門廊，兩邊有陽台，車

道兩旁是松樹和鐵杉。牧場從山頂一直延伸到小山腳下。這就是羅克威洛農莊。

農莊裏住着森普夫婦和一個女工、兩個男工。今天的晚餐豐富極了，有火腿、蛋、餅乾、蜂蜜、蛋糕和餡餅。我們邊吃邊談，我這一生從沒這麼快樂過。我問了許多愚蠢的問題，因為我對一切都很好奇。

圖中打叉記號的不是兇殺案現場，而是我住的房間。相當大，擺設着古色古香的家具。啊，叔叔，我真興奮！很想到處去走走，但現在已是晚上八點半，該吹熄蠟燭睡覺了，明早五點就要起牀。您有過這樣快樂的生活嗎？真感謝上帝賜給我這麼好的叔叔，我一定會報答您的，您等着瞧吧。晚安！整個夏天我將在那張桃花心木的大桌上寫小説，我保證。

茱蒂

星期六晚上，在羅克威洛農莊

又及：希望您能聽到這兒青蛙唱歌和小豬尖叫，還有那一彎新月！

親愛的長腿叔叔：

您的秘書怎麼會知道羅克威洛農莊而建議我來度假的？因為這農莊本來是吉維斯·潘特頓先生的，他把它送給他的老保姆森普太太，您說巧不巧？她現在還稱他「吉維少爺」，說他小時候非常可愛。知道我也認識他後，森普太太很高興，對我也更親切。

我的農莊生活越來越有趣。昨天我坐馬車去運乾草了。我們有三隻大豬和九隻小豬，還有小雞、鴨子、火雞、珍珠雞等。我的工作是收雞蛋。

昨天，我爬上穀倉的樑，想從一個鳥窩裏掏出黑母雞偷下的蛋，卻不小心跌了下來。森普太太在我摔破的膝蓋上搽**金縷梅**[1]汁，並說：「吉維少爺也從這兒摔下來過，也擦破了膝蓋，這些事好像昨天才發生似的。」

---

[1] **金縷梅**：產於北美的一種植物，皮可止痛，常用以包紮傷口。

我們有六頭小牛，我分別給牠們取了名字：森林（因為牠在林中出世）、李斯比亞（羅馬一首詩的主角）、朱麗亞（一隻不起眼的普通小牛）、長腿叔叔（您不會生氣吧？看看牠的樣子您就知道這名字與牠多麼相配）、莎莉、茱蒂。

農莊工作很忙，所以我還沒動手寫作。

永遠是您的茱蒂

七月十二日

又及 1：我已學會做甜圈了。

又及 2：您如果想養雞，我建議您養奧平頓種的，牠們沒有胎毛。

又及 3：我想送您一塊我昨天做的新鮮奶油，我是個出色的擠奶工呢！

又及 4：這張圖畫的是未來的大作家吉露莎·艾伯特小姐正在趕牛回家。

我不會畫牛！

親愛的長腿叔叔：

　　您説好笑不好笑？昨天下午我鋪開信紙給您寫信，剛開了個頭，想起還沒有摘晚餐用的黑莓，便匆匆離開了。回來時一看，您猜我在信紙中央見到什麼？一隻真正的、活生生的「長腿叔叔」大蜘蛛！

　　我輕輕地抓住牠的一條腿，把牠送到街外。我不忍心傷害這類蜘蛛，牠使我想起了您。

　　今天是禮拜天，早上我和森普夫婦坐馬車到鎮裏的教堂做禮拜。教堂是一座白色的小巧玲瓏的建

築，有尖頂和三根陶立克式的圓柱子。

知識泉

陶立克式：一種純樸、古老的希臘建築風格，多帶裝飾簡單的圓柱。

我很喜歡森普夫婦，喜歡他們的生活方式、他們的實際行動，我覺得他們比他們信仰的上帝好得多。聽我這麼説：他們很惶恐。認為我褻瀆了上帝。從此我再也不與他們討論上帝了。

現在是下午時分。男工阿馬賽帶着女工加莉坐馬車出去玩了，兩人都盛裝打扮。寫完這封信後，我就要開始讀在閣樓找到的一本書，書名是《小徑上》。扉頁上有一行小男孩的筆跡，寫着這句有趣的話：

假如這本書到處遊逛，給它一個耳光，送它回家。

吉維斯·潘特頓

聽説潘特頓先生十一歲那年生了一場大病，來此休養了一個夏天，可能走時忘了帶這本書。書上到處都是他留下的髒手指印，看來他很喜歡它，讀得很仔

細。閣樓的一個角落裏還放着一架**水車**①、一架風車和一些弓箭。森普太太常常提起他，使我覺得他還在這裏似的——不是長大了的頭戴禮帽、手拿拐杖的潘特頓先生，而是個髒兮兮的、頭髮亂蓬的、蹦蹦跳跳的頑皮又可愛的小男孩。森普太太説，他從小就喜歡冒險，勇敢而真誠。可惜他出身自潘特頓家族，但他比這個家族的人好多了。

告訴您一件有趣的事：一頭母牛闖進蘋果園裏飽餐一頓，之後牠醉倒了兩天。您以前聽説過這麼丟臉的事嗎？

對您無限愛慕的孤兒**茱蒂・艾伯特**

星期天

又及：這本小書真有趣。第一章講印第安人，第二章寫**草莽英雄**②，讀得我屏息凝神，緊張極了。茱蒂和吉維怎能不喜歡這本書呢？

---

①**水車**：汲水用的木製轉轆，以水力推動，多在鄉村使用。
②**草莽英雄**：草莽是雜草、草叢的意思，舊指民間，與朝廷相對。草莽英雄即是來自下層民間的英雄人物。

親愛的長腿叔叔：

昨天我到拐角處的雜貨店裏，用秤麵粉的磅秤量了下自己的體重。我重了九磅！我要向大家推薦羅克威洛這個休養所。

從前　　　　現在

> **永遠是您的茱蒂**
> **九月十五日**

親愛的長腿叔叔：

您看，我已是大學二年級學生了！上星期五離開羅克威洛時，我很難過；但是回到學校，又覺得很高興。我已習慣了大學生活，把大學當作自己的家。實際上，我也已開始適應這個社會了。

叔叔，您猜我這學期和誰一起住嗎？莎莉和朱麗亞！我們每人有一間卧室，共用一間大書房。想想吧，原孤兒院的吉露莎·艾伯特竟和潘特頓家族的千

金小姐住在一起！這真是個民主的國家。

　　莎莉正在參與班主席的競選，她會當選的。我們這些支持者正密鑼緊鼓地為她籌劃選舉之事，看來都像政治家了。

　　這學期有化學課，這科很特別，現在在學分子和原子。我還學辯論和邏輯學、世界史、莎士比亞的戲劇，還有法文。幾年之後，我一定會變得十分聰明。班上有位同學説法文特別流利，因為她小時跟父母住在國外，在一間講法語的教會學校讀了三年。真希望當年我父母把我丟棄在一間法國修道院，而不是孤兒院。噢，不，我不要這樣！因為這樣我就不會遇到您了，我寧願認識您而不會法文。

> **知識泉**
>
> 修道院：天主教和東正教等教徒出家修道的機構。在天主教會中，也指培養神父的機構。

　　再見，叔叔！我要去找同學討論功課，順便談談選班主席的事。

忙於政治的 茱蒂・艾伯特

九月二十五日

親愛的長腿叔叔：

給您一個智力測驗題，讓您傷傷腦筋！

如果室內游泳池裏的水全變成了檸檬果子凍，那麼請問，在池裏游泳的人會怎麼樣？浮起來，還是沉下去？

我們幾個女孩在吃餐後甜品的時候，捧着檸檬果子凍想到這個問題。我們爭論了半個小時，仍沒得出結論。莎莉認為池裏的人可以繼續游泳，我不同意。我想池裏的人會沉下去，窒死在果子凍裏，他的游泳技巧再好也沒用。您説，這個問題是否很有趣？

我們還討論了另外兩個問題：

一座八角形建築物裏面的房間是什麼形狀的？有人説會是四角形的，我卻認為應該是像個窄長的三角形被切去一個角的樣子。叔叔，您同意我的想法嗎？

假如有個人坐在一個玻璃鏡製成的空心圓球內，試問從哪個角度望他，可以只見到他的背部，而看不見他的臉？這個問題很複雜，我越想越頭痛。

現在告訴您班主席選舉的結果。

選舉結束了，莎莉順利當選！

我們當晚進行了火把遊行，高舉着「莎莉萬歲」的橫幅，還有個樂隊助興呢——是個由三把真的口琴、十一把梳子組成的樂隊！

我們現在是258室的重要人物了，朱麗亞和我沾了莎莉不少光。與班主席住在一起，經受的輿論壓力可不小！

晚安，親愛的叔叔，請接受我的問候！

尊敬您的**茱蒂**

十月十七日

親愛的長腿叔叔：

昨天我們和一年級新生比賽打籃球，我們贏了。大家當然很高興，可是，如果我們能打贏三年級隊就太好了！為此我寧願全身被撞得青一塊紫一塊，包着金縷梅繃帶躺一星期。

　　莎莉邀請我去她家過聖誕節，她家在**麻薩諸塞州**[①]的華斯特。我很想去，除了羅克威洛農莊之外，我還從沒到過普通人的家庭去做客呢。莎莉家有爸爸、媽媽、奶奶、很多孩子，還有一隻安哥拉貓，真是一個真正的、完美的家庭！我很興奮，真想馬上拎了皮箱走。

　　我要趕去排練戲劇，感恩節的演出中我扮演一位住在塔樓的王子，穿着天鵝絨長袍，滿頭金色鬈髮。多有趣！

您的**茱蒂**

十一月十二日

　　您想知道我是什麼樣子的嗎？這是我們三人的合照：滿臉笑容的是莎莉，鼻子朝天的高個兒是朱麗亞，瞧她的高傲樣！頭髮被風吹得貼在臉上的小個子是茱蒂，她其實比照片上漂亮，只是陽光刺得她睜不開眼。

星期六

[①]**麻薩諸塞州**：位於美國東北沿海的一州，在紐約以北，簡稱麻省。

親愛的長腿叔叔：

　　早就想寫信給您謝謝您在聖誕節寄給我的支票，可是在莎莉家玩得太開心了，甚至找不出時間坐下來寫信。我用您給我的錢買了一件禮服，謝謝您的聖誕禮物。

　　我在莎莉家度過了一個最美妙的假期。她的家是一幢很大的鑲白磚的古老大宅，就像我以前在孤兒院的窗口望到對面的那種豪華住宅。現在我卻能處身於其中，從一個房間走到另一個房間，細細欣賞那些家具和擺設。一切是那麼舒適、美妙，我簡直陶醉了！

　　莎莉的祖母、父母都是極好的人。她還有一個三歲的小妹妹、一個少年弟弟，和一個漂亮的哥哥叫傑米，是普林斯頓大學三年級生。

　　全家人圍住飯桌用餐是最快樂的時光，每個人都又說又笑，無比開心。他們家的廚師胖胖的，性格開朗，已經在這裏工作了十三年。他常常在案板上留一塊麵團，讓孩子們隨意揉成什麼烤着玩。看到這樣一個溫暖的家，真想使自己重新回到童年時代！

我們做了許多有趣的事，
真不知該從何說起。莎莉的爸爸經營一家工
廠，聖誕前夕他為員工的孩子準備了一棵大聖誕
樹，傑米扮聖誕老人，我和莎莉幫他分發禮物。當
時我有一種奇妙的感覺：我覺得自己像是孤兒院的
贊助人一樣。我親吻了一個可愛的小男孩，不過沒
摸他的頭。

　　聖誕過後兩天，他們在家裏特地為我舉行了一次
舞會。

　　這是我第一次參加的正式舞會——大學的舞會不
能算，因為我們只是女生共舞。我穿上那件新買的白
色晚禮服，戴上白色長手套，腳下是白緞鞋……一切
是多麼完美，我是多麼幸福！唯一不足之處是：莉貝
特院長沒有親眼看見我和傑米領頭跳沙龍舞的場面。
下次您去孤兒院時請告訴她。

永遠是您的 茱蒂‧艾伯特
十二月三十一日於麻州華斯特

又及：叔叔，如果我將來成不了一位偉大的作家，而只是一個平凡的女孩子，您是否會大失所望？

親愛的長腿叔叔：

今天下午，朱麗亞那可親的叔叔又來了，還帶來了一盒五磅重的巧克力。您看，這是和朱麗亞同住的好處。

看來我們孩子氣的談話使他很愉快，所以他推遲了一班回程火車，在書房裏和我們一起喝下午茶。我們用黑麪包和瑞士乾酪做三明治，他也幫着做，並吃了四塊。我告訴他我在羅克威洛度過暑假，談到森普夫婦和馬、牛、小雞的趣事。他知道的馬只有格勞弗——他在農莊時牠是一匹小馬，現在已經老得沒什麼用了，其餘的同齡馬都死了。

> **知識泉**
>
> 乾酪：又音譯作「芝士」。牛奶或脫脂乳經過發酵、凝固製成的食品，含有豐富的蛋白質，因製法不同而分為硬性和軟性兩種，色微黃，呈特殊氣味，內部多含氣孔。

吉維叔叔問我，森普家是否還把甜圈放在一個蓋着藍碟子的黃罐裏？對呀，一點也沒變。他又問牧

場的大岩石下是否有個土撥鼠洞？有，這個夏天阿馬賽還在那裏抓到一隻肥大的土撥鼠呢。

我就當面叫他「吉維少爺」，他沒不高興。後來朱麗亞說，她從沒見過她的叔叔如此和藹可親，通常他是很難親近的。

今天從早上起就一直下雨，看來晚上得游泳去教堂了。

永遠是您的茱蒂
星期六，六點三十分

親愛的長腿叔叔：

您是否有過一個可愛的女嬰，在搖籃裏被人偷走了，也許我就是那個嬰兒！如果我們是小說中的人物，就有一個喜劇結尾了，對嗎？

不知道自己身世的感覺真是又刺激又浪漫——常常幻想多種可能性：也許我不是美國人，而是古羅馬人的子孫，或是北歐海盜的女兒，或是俄國流放犯的後裔，或是個吉卜賽人，因為我喜歡到處流浪。

您一定知道我在孤兒院的那樁醜事吧？我因偷吃餅乾被懲罰，從孤兒院逃走。這事記錄在我的檔案，每位贊助人都會看到。但是，當時的我能怎麼做呢？叫一個飢腸轆轆的九歲女孩在廚房磨刀，身邊是個餅乾罐子，先是留下她一人，再突然折回來，發現她嘴角有餅乾屑，就猛打她耳光，在吃飯時當眾宣布她是賊。她能不逃走嗎？

我只跑了四英里就被抓回來，之後的一星期內，當別的孩子在外面玩時，我卻像隻小狗般被綁在院內的柱子上。

教堂的鐘聲響了，做完禮拜後要開班會。今天本想給您寫封有趣的信的，真是抱歉！

再見，親愛的叔叔，祝您平安！

茱蒂

一月二十日

親愛的 長腿叔叔：

傑米給我送來一面普林斯頓校旗，大得可以覆蓋一面牆，真感謝他還記得我。但我不知該如何處置這面旗。莎莉和朱麗亞反對懸掛它，丟掉又可惜，那是用厚實的毛毯做的，做件浴衣怎麼樣？舊的那件縮水了。

最近的信裏我都沒提到學習情況，其實我幾乎把時間都用來讀書了，一學期修五門課，真是忙得頭昏腦漲。

化學教授説：「真正的學者作風是認真研究細節。」

歷史教授説：「小心別把目光局限於細節，要站得高，看到整體。」

您瞧，在化學和歷史這兩門學科之間，我們要多麼巧妙地見風使舵。

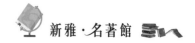

我比較喜歡歷史，上課輕鬆愉快，化學課就不同了。

第六節課的鈴聲響了，我該到實驗室去研究酸、鹽和鹼。上次鹽酸把我實驗用的圍裙燒了一個洞，是不是應該用強氨來中和一下？

下星期考試，誰會怕呀！

永遠是您的 **茱蒂**
二月四日

親愛的長腿叔叔：

三月的風吹散了滿天烏雲，真想拋開書本，到山上人和風兒賽跑。

我終於可以這樣做了：上星期六，我們玩「獵狐比賽」，在泥濘的鄉間小路上跑了五公里。扮狐狸的三個女孩帶着一筐碎紙屑先出發，不時要撒下一些紙屑顯示她們的行蹤，兩堆紙屑之間的距離不得超過六呎。我們二十七個「獵人」半小時後才開始追蹤獵狐，翻過山丘，穿過玉米田，進入沼澤地時不少人掉

進泥淖而中途退出，又因找不到腳印而浪費了二十五分鐘。好不容易走出沼澤地，又被一座大倉庫擋住去路。那倉庫看來無法越過，我們在通往牲口棚的屋頂上發現腳印，便繞過倉庫追過去。最後的兩英里紙屑越來越少，找腳印很困難。終於，我們剩下的十九個獵人在兩小時內完成了任務——在「水晶泉」農場的廚房裏找到那三隻「狐狸」，她們正在大吃大喝，享用牛奶、蜂蜜和餅乾，我們這些又飢又渴的獵人自然也毫不客氣，坐下來大吃了一頓。我們六點半才回到學校。

現在向您報告考試結果：所有的科目我都通過了！我已掌握了竅門，再也不會不及格了。要不是一年級時有兩門功課補考過，我定會以優等生的成績畢業。不過沒關係，我放寬心情，不在乎這些。

說到古典文學，您讀過《哈姆雷特》嗎？假如沒有，勸您快點讀，這本書真是棒極了！想不到莎

知識泉

沼澤地：在地勢低平、排水不良、蒸發量小於降水量的地方，地表過度潮濕，其上長有濕生植物，並有泥炭積累，形成水草茂密的泥濘地帶。

《哈姆雷特》：英國文藝復興時期的詩人、戲劇家沙士比亞（1564-1616）的著名悲劇，也譯作《王子復仇記》。

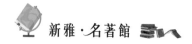

士比亞有這麼出色。

在剛開始學習閱讀時，我發明了一種有趣的遊戲——每天晚上入睡之前，我把自己想像成正在讀的那本書中的重要角色。

現在，我是奧費莉亞，一個非常聰明的奧費莉亞！我要好好照顧哈姆雷特，治好他的憂鬱症，讓他永遠幸福快樂。我倆一起統治丹麥，會把國家治理得繁榮昌盛。他管政治，我辦慈善事業，我要創立幾間一流的孤兒院，假如您和其他贊助人想參觀的話，我很樂意接待。

> **知識泉**
>
> 奧費莉亞：《哈姆雷特》劇中的女主角，丹麥王子哈姆雷特的愛人。

您的高貴優雅的丹麥王妃奧費莉亞

三月五日

親愛的長腿叔叔：

我想我死後一定上不了天堂，因為我在生時得到了太多好東西，再上天堂是否太不公平了？您看看究竟發生了些什麼事吧。

吉露莎・艾伯特贏得了《月刊》雜誌的年度短篇

小說獎（獎金二十五美元），而她只是個大學二年級生！參賽者通常是大四學生，真不相信自己能得獎。也許我真的能成為一個作家，真希望莉貝特院長沒給我取這麼一個難聽的名字。

另外，我被選中參加明年春天的露天戲劇演出《皆大歡喜》，我演羅絲蘭的堂妹西莉亞。

> **知識泉**
>
> 《皆大歡喜》：
> 莎士比亞的戲劇。

最後一個最令我興奮的好消息是：這個星期五，朱麗亞、莎莉和我要一起去紐約購買春裝，我們將在那兒過一夜，朱麗亞回她家住，我和莎莉住瑪莎‧華盛頓飯店。第二天我們和「吉維少爺」一起去看戲，這一切都是他邀請我們的。我從沒去過紐約，也沒去過劇院，所以這個安排簡直叫我開心死了！您猜猜我們要去看的是什麼戲？《哈姆雷特》！我們已在莎士比亞課程上學了它四個禮拜，我已把它背熟了。

這些事使我興奮得睡不着。再見了，叔叔。

這是個多麼美好的世界！

永遠是您的**茱蒂**

三月二十四日，也可能是二十五日

親愛的長腿叔叔：

天哪，紐約真大！**華斯特**[①]簡直不能與之相比。您真的住在這個熱鬧的城市裏嗎？呆了兩天，我頭都暈了。不知該怎麼向您描繪，好在您對它很熟悉，不用我多費筆墨。

那些街道、人羣、商店⋯⋯一切是多麼有趣！櫥窗裏有那麼多漂亮的衣服，使你想穿一生一世！朱麗亞帶我們去了一家豪華的帽子店，那裏的窗簾是絲綢的，鋪着高貴的地毯，接待員竟是一位穿着黑綢禮服的金髮美人。朱麗亞試戴了一打帽子，買了其中最漂亮的兩頂。能坐在鏡前不問價錢隨意選購可愛的帽子，該是人生一大樂事吧。

然後，我們到雪妮飯店與吉維少爺共進午餐。吃魚時，我用錯了叉子，好心的侍者又給我拿來一把，所以沒有人發覺到我的錯。

午餐後我們去劇院，令人難以置信的富麗堂皇！

[①]**華斯特**：莎莉家的所在地，在麻省中部。因為茱蒂剛去過她家，就把它與紐約相比。

莎士比亞真是了不起！舞台上的哈姆雷特比我們在課堂上分析的強多了，我本來就喜歡這個劇本，如今更是被迷得如癡如醉。

假如您不介意的話，我想當演員，不做作家了。您同意我轉讀戲劇學校嗎？以後我每次演出都會送您包廂票，還會越過**腳燈**[①]向您微笑。不過，您一走要在胸前戴一朵紅玫瑰喔，免得我找錯人表錯情！

> **知識泉**
>
> **包廂**：某些劇場觀眾席中供部分觀眾專用的座位，大都設在樓上兩邊和前部，有的用欄杆隔開，也有的構成單獨的房間形式。一般可坐六七人，票價較貴。

吉維少爺還送我們每人一大把鮮花，有鈴蘭和紫羅蘭。他真是太好了！以前我不大喜歡男子，現在我改變看法了。

您的**茱蒂**

四月七日

[①]**腳燈**：安裝在舞台口邊緣向內照射的一排燈。

親愛的**大富翁**先生：

　　寄回您那五十元的支票，非常感謝，但我不能收下。我的零用錢足夠買我需要的帽子，真不該在信中寫帽子店這樣愚蠢的事。

　　無論如何我不是在乞討，除了不得不接受的那部分之外，我不想要您額外的施捨。

吉露莎 · 艾伯特

四月十日

親愛的**長腿叔叔**：

　　您能原諒我昨天寫的信嗎？我剛投入郵筒就後悔了，可是那可惡的郵差不肯把信還給我。現在是半夜，我一定得寫信，不然睡不着。

　　我覺得自己真無禮。您一片好心寄支票給我，連買帽子這樣的小事都要您老人家操心，而我卻如此粗魯地回覆您。但是我必須把支票退還給您。我和別人不同，別人可以很自然地接受親人的饋贈；我沒有親

人，我很想把您當作自己的親人，可事實上您不是我的親叔叔。您已經給了我這麼多——給了我自由、獨立的新生活，我覺得自己像是童話中的灰姑娘。我絕對不能再多要您的了。我甚至想有朝一日，我要把您供我上大學的費用全部還給您。我喜歡漂亮的衣物帽子，但我不能為此用前途來抵押。

已是凌晨兩點半了，我要偷偷溜出去寄信。希望您在收到上封信後不久就讀到這封信，這樣您就不會久久地認為我是多麼壞。

晚安，叔叔！

永遠愛您的茱蒂
四月十一日

親愛的長腿叔叔：

上星期六學校開運動會。入場式非常壯觀，除了各班色彩繽紛的隊伍之外，還有一個樂隊和十多個助興的小丑。朱麗亞扮演一個肥胖的鄉紳，穿着一件亞麻布風衣，戴着假鬍子，撑一把大傘。她演得很

出色，想不到潘特頓家族的人會有演喜劇角色的本事——這麼説是對吉維少爺的不敬，但我從不把他當作潘特頓家的人，就像不把您等同其他贊助人那樣。

莎莉和我參加比賽，她贏了撐杆跳（七點三英尺），我跑五十碼（一百五十英尺）只用了八秒，得了第一！這真是無上光榮的事。我班同學向我齊聲喝彩，回到更衣

茱蒂贏了五十碼短跑

棚有人為我按摩，校方還為優勝者舉行餐會。

昨晚我讀《簡愛》直到深夜，這本書叫人一讀就放不下手。當我讀到女主角在慈善學校的遭遇時，憤怒極了，不得不放下書本出去走走。我完全理解她的感受。您別生氣，長腿叔叔。孤兒院雖然比慈善學校好得多，但兩者有相似之處：生活單調乏味，沒有任何讓人高興的事；孩子們身上一旦表現出少許想像

> **知識泉**
>
> 《簡愛》：英國女作家夏綠蒂·勃朗特（1816-1855）的作品，女主人公在一間慈善學校長大。

力，立刻就會被摧毀。我認為想像力是一個人最重要的特性，有了想像力就能設身處地為別人着想，就會變得可親有同情心。我以後要辦一所孤兒院，好好培養孩子們的想像力，我要讓所有的孩子都擁有快樂的童年，日後回憶起來甜甜蜜蜜的。以後我自己有了孩子的話，不管我有多少不快樂的事，都要讓他們無憂無慮地長大。

(教堂的鐘聲響了，我會再找時間接着寫這封信。)

五月四日

今天下午從實驗室回來，看見一隻松鼠坐在我的茶几旁吃杏仁。天轉暖後我常打開窗戶，所以經常有這些小客人登門拜訪。

親愛的蜈蚣太太，
要一塊方塊糖還是兩塊

星期四

今天沒課，您以為昨晚我坐在家裏讀史蒂文生全集？您太不了解我們女生了。有六個女孩來我房間做牛奶糖，可是有人把糖汁滴在地毯上，唉！

最近我沒談到我的學業，我是在認真讀書的。我撇開學業，與您大談生活瑣事，為的是輕鬆一下。但是我們的談話總是單方面的，這是您規定的呀！歡迎您隨時來信反駁我。

再見，好心的先生。

茱蒂

星期六上午

親愛的長腿叔叔史密斯先生：

剛學了**論證**[①]和要點記述法，我想採用這種形式來寫信。以下所列舉的都是重要的事實，不必要的一概不提。

[①]**論證**：邏輯學指引用論據來證明論題的真實性的論述過程，是由論據推出論題時所使用的推理形式。

一、本周筆試項目：

　　1. 化學　　2. 歷史

二、正在興建一座新宿舍

　　1. 所用材料：

　　　（1）紅磚　　（2）灰石塊

　　2. 可住人數：

　　　（1）院長一人、導師五人

　　　（2）女生二百人

　　　（3）管理員一人、廚師二人、服務員和清潔工

　　　　　各二十人

三、今晚的餐後甜品是**凝酪**①

四、我在寫一篇關於莎士比亞戲劇史料的專文

五、我買了一頂新帽，帽上有：

　　1. 藍絲絨飄帶　　2. 藍羽毛兩根　　3. 紅絨球三個

六、現在是九時三十分

七、晚安

茱蒂

---

①**凝酪**：一種凝乳甜食，不經酸發酵的帶脂乳凝塊，也叫乳凍。

親愛的長腿叔叔：

您一定猜不到這件大喜事：莎莉家人邀請我這個夏天和他們一起到**亞迪朗達克**[①]去宿營。她家是一個俱樂部的成員，這個俱樂部在山林中有多座小木屋作避暑用。我們可以在湖中划**獨木舟**[②]，也可以遠足到其他營地去。俱樂部每周舉行一次舞會，莎莉的哥哥傑米也邀請了一位大學同學去度假。您看，我們將有不少男舞伴了。

莎莉的母親真好，會邀請我去。看來上次聖誕節在她家，我給她的印象還不錯吧。

這封信很短，只是想告訴您這個暑假裏我的安排。

我簡直心滿意足！

您的茱蒂
八月二日

[①]**亞迪朗達克**：山區，位於美國紐約州的一個度假勝地。
[②]**獨木舟**：將樹木挖空作成的小舟，用槳划行。

親愛的 長腿叔叔：

剛收到您的秘書來信，說史密斯先生希望我不要接受莎莉家的邀請，還是和去年暑假一樣，去羅克威洛農莊度假。

叔叔，為什麼？為什麼？為什麼呢？

您不了解，他們是真心要我去，我不會給他們添麻煩，莎莉和我會做很多家務事；我們還打算一起讀很多書，兩人一起讀效率高好多。還有，我可以從莎莉母親那兒學到不少東西，她簡直無所不知。另外，傑米準備教我騎馬、划船和射擊，我不是應該學許多東西嗎？

當然，我聽從您的吩咐。不過叔叔，請您讓我去吧，我真的非常非常想去。

給您寫信的不是未來的大作家吉露莎·艾伯特，而只是茱蒂──一個小女孩。

六月五日

約翰·史密斯先生：

　　先生，六月七日大函收悉，本人會遵照您秘書所傳達您大人之命令，於下星期五出發去羅克威洛農莊度假。

永遠的吉露莎·艾伯特（小姐）
六月九日

親愛的長腿叔叔：

　　將近兩個月沒給您寫信，我知這是我不對。但是這個夏天我不怎麼喜歡您——您瞧，我是很坦白的！

　　您大概想像不出，要我放棄去宿營使我有多麼傷心。當然，您是我的**監護人**①，您有權這樣做，但是理由何在？假如我是長腿叔叔，您是茱蒂，我一定會鼓勵您去的。可是您卻通過秘書的一行字，不近人情地回絕了我。這使我多麼難過！假如您對我有點兒感情，您就會不時親手給我寫幾句話，而不是讓秘書用

---

①**監護人**：法律上指對未成年人、精神病人等的人身、財產以及其他一切合法權益進行監督和保護的人。

打字機打幾行字來應付我。

我知道我不該違約要求您回信，可是叔叔您知道嗎？這交易對我來說實在是太難了。我常感到好孤單，您是我唯一牽掛的人，但您卻像個模糊的幻影，您只存在於我的想像之中，真實的您是不是這個樣的呢？

我感到很痛苦——自己的生活被一個專斷的、不講理的、萬能的又是不露面的上帝支配着，但一個人能像您這樣慷慨大方對我，我想他也有權作那樣的上帝了。所以我原諒了您，並使自己的情緒又好起來。

不談這事了吧，讓我們從新開始。

這個暑假我寫了四篇短篇小說，分別寄給了四家雜誌社。您看，我是在努力成為一個作家。我是躲在閣樓的一個角落裏寫的，那裏原是吉維少爺下雨天的遊戲室。這兒有兩扇窗，涼風習習，窗外楓樹的洞裏住着一窩紅松鼠。下次再告訴您農莊的情況。

仍然是您的茱蒂

八月三日於羅克威洛農莊

長腿叔叔先生：

　　我坐在池塘邊一棵柳樹的枝椏上給您寫信。腳下青蛙在鼓噪，頭上知了鳴叫，還有兩隻小松鼠在枝間跳上躍下。假如您現在身處那喧鬧的紐約市，我真想把這裏涼爽舒適的景色送些給您。雨後的農莊真像天堂。

　　説到天堂，我忘了告訴您，小教堂的凱洛牧師去年冬天得肺炎去世了。他四十七年信仰不變，堅信死後能頭戴光圈、手抱豎琴上天堂，希望他老人家已經如願以償。

　　在那下雨的一周內，我整日坐在閣樓裏看史蒂文生的小説。這位作家很有意思，他把父親留下的一萬元遺產用來買遊艇，周遊南洋各島，實現了自己的理想。多棒呀！如果我有父親留給我一萬元，我也會這樣做的。我強烈渴望去流浪，去環遊世界，死前我定要看到南洋的棕櫚和寺廟。

八月十日

這封信上應該告
訴您一些新聞：

上星期二，我們
的九頭小豬逃跑了，只找回來八頭。

一隻紅種母雞下了十五個蛋，只孵出三隻
小雞，誰也不知為什麼。

郵局的新職員竟把郵局庫存的一瓶值七美元的
薑汁酒喝個精光。

下星期六晚，鎮上的學校將舉行冰淇淋晚會，歡
迎闔家光臨。

我用二角五分買了頂大草帽，戴了它拿上耙子去耙草。

新聞報道完畢。晚安。

茱蒂

星期四傍晚，坐在門階上

早上好！有件大新聞要向您報告：您絕對、絕對猜不到誰要來羅克威洛農莊！森普太太收到潘特頓先生來信，説他駕車經過巴克夏，很累，想來這個安靜的地方休息一下，可能留一個星期至三個星期。

我們大家都很興奮，馬上動手大掃除、洗窗簾、擦玻璃。假如潘特頓先生不快點來，恐怕我們還得再做一次。別以為這裏平時很髒，森普太太又勤快又愛乾淨，家裏整潔極了，她是位理家好手。

我要坐馬車去買鋪門口的**油布**①和地板漆，為了他，我們將大興土木。

茱蒂

星期五

①**油布**：塗上桐油的布，用來防水防濕。

再一次向您道早安！昨天郵差來時，我還沒寫好信，今天再加一段。

　　這裏的郵差不僅送信，還幫大家在鎮上購物，每次收費五分。昨天他就幫我買來了鞋帶、冷霜、**溫莎結**①和鞋油。郵差對人們很重要。

> ### 知識泉
>
> 洛克菲勒：當時的全球首富，他致力於慈善事業，在晚年捐出大部分財產，開美國富豪行善之先河。

　　郵差還會告訴我們外面世界發生了些什麼大事，例如萬一美國和日本要開戰了，或總統被刺，或洛克菲勒先生捐助孤兒院一百萬元等等，我都會聽説到。

　　吉維少爺還沒消息，我希望他快點來，好有個人談談心。

　　今年的萵苣長得不好，因為前些日子太乾燥了。

　　下次給您寫長些。再見。

茱蒂

星期六

---

①**溫莎結**：一種童裝領帶，寬領帶的鬆蝴蝶結，也叫大領結。

叔叔，吉維少爺終於來了！我們一起過得很開心——至少我是如此，我想他也這麼認為，因為他已住了十天，還沒有離開的意思。森普太太寵得他太不像話，要是他從小一直被如此寵愛，長大後怎麼會這樣好？

　　乍看之下，吉維少爺是潘特頓家族的人，但相處久了，你會發現實際情況不是如此。他很易相處，為人直爽，待人親切有禮。他的服裝很奇特——他喜歡穿**燈籠褲**①、帶摺的外套、白色法蘭絨衫和寬褲騎馬裝。一開始那些農民看不慣，後來就很喜歡他了。

森普太太常常在他身邊轉來轉去，叮嚀這叮嚀那，煩得他不得不對她說：「你忙你的事吧，別管我了，我已長大了！」像他這麼高、腿這麼長（和您的腿大約一樣長）的人，以前曾坐在森普太太的膝頭上讓她洗臉，一想到這，我就感到好笑。

我們一起做了許多有趣的事：我們走好幾里路去鄉間探險，我學會了用羽毛做假蠅來釣魚，他還教我用來福槍和手槍射擊，還有騎馬。

八月二十五日

星期一下午我們去爬附近的天山，在山頂上玩到日落，生了一堆火煮晚餐。吉維少爺煮得比我好，因為他常去露營。然後我們趁着月光下山，一路上他講了很多有趣的事。我發現他讀過許多書，我讀過的書他全都看過，真叫人吃驚。今天早上，我們出門在外正好碰到暴風雨，淋得像落湯雞似的回到家裏，像兩個頑皮的小孩弄得森普太太無可奈何。

星期三

---

①燈籠褲：紐約的荷蘭移民常穿的一種褲，褲腿肥大，下端縮口，緊箍在腳腕上。

這封信寫了幾天還沒寫完,真是忙得沒一點空閒。

今天是星期日,早上森普太太要吉維少爺去教堂,他假裝答允,卻趁她換衣服時拉我溜出去釣魚。我們釣到不少,午餐就吃烤魚。

今天玩了一整天,現在很睏,晚安。

嗨,長腿船長:

您猜我在讀什麼書?這幾天我們盡在談海盜和航海的事,《金銀島》真是一本有趣的書,叔叔您讀過嗎?史帝文生寫這本書聽說只拿到三十鎊版稅費。看來當作家賺不到多少,不如我去當老師吧。

> **知識泉**
>
> 《金銀島》:史蒂文生的一部冒險小說,講述航海尋寶的故事。

請原諒我一再提到史蒂文生,現在我滿腦子都是他的名字,在羅克威洛圖書館只有他的書。

這封信寫了兩個禮拜,夠認真的吧?真希望您也能在這裏,我們一定會很開心的。我希望我喜歡的人

能互相認識。真想問問吉維少爺在紐約認不認識您，你們都在上流社會，可能認識的。但是我不知道您的名字，沒法問他。莉貝特院長說您是個古怪的人，看來的確如此！

愛您的茱蒂

親愛的**叔叔**：

他走了，我們都很想念他。當你熟悉了某人某地或某種生活方式後，突然的消失會使你有一種失落感。我感到可怕的空虛，整日發呆。

再過兩星期就要開學了，我很盼望上學。這個暑假我一共寫了六篇小說、七首詩，投了稿但都被退了回來。我不在乎，這是個很好的練習。吉維少爺讀了之後說我寫得很糟，說我根本不知道自己在說些什麼（他說話從來是直來直去不客氣的）。只有我最後寫的關於大學生活的那篇故事，他說還不錯，幫我打好字後寄給了一家雜誌社。

您該看看窗外那片天空！那是一種怪異的橙紅

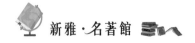
色，暴風雨快來了！

九月十日

叔叔！叔叔！您猜怎麼着，郵差剛送來了兩封信。

第一，我的小說被採用了，稿費五十元。哈，我成了作家！

第二，學校通知我說，我得到一筆獎學金，有兩年的學費和食宿費。

這獎學金是專給「英語科傑出，其他科優良」的學生的，我先前提出了申請，想不到成功了！我真高興，因為以後我不會再是您的負擔，您只需每月給我些零用錢就可以了。或許我可以寫些東西或替人補習，來賺些錢。

急盼着回學校去開始工作。

您永遠的吉露莎・艾伯特，即

《大二生贏了》一文的作者，刊登該文之雜誌各報攤均有售，定價一角。

星期四

親愛的長腿叔叔：

我已回到學校，是高班學生了。

今年的書房更大更好，朱麗亞早到兩天，正忙於布置。我們糊上了新牆紙，鋪上了東方地毯，擺放了真正的紅木椅——不是以前漆成紅木的那種。朱麗亞的零用錢好像花不完似的，簡直華麗得令我有些坐立不安了。

我讀到了您秘書的來信。叔叔，您能否告訴我您的理由，為什麼叫我別領那份獎學金？不過您反對也沒用，我已接受了，請您原諒我的固執。

也許您是想有始有終培養我到畢業，但請您從我的角度考慮一下：有了獎學金，我仍是接受您的培養，只是可以少欠您一些。本來我想工作一輩子來還您的錢，現在只須工作半輩了就行了。我還是要拿您的零用錢，因為與朱麗亞和這些家具同住，不能沒有零用錢。

晚安，叔叔！別生氣。您的小雞已經長大了，她充滿活力，要尋求自我。這是一隻歌聲嘹亮、羽毛漂

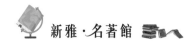

亮的小母雞（當然得歸功於您）。

愛您的 茱蒂

九月二十六日

親愛的 叔叔：

您還要纏着獎學金的事不放嗎？從沒見過像您這樣頑固不化、不講情理、一意孤行、不聽別人意見的人。

您説您不希望我接受陌生人的恩惠。陌生人！那麼，您呢？

您才是陌生人哪！即使走在路上碰見您，我也認不出來。假如您是個通情達理的人，您就應該像個父親那樣，寫信給您的小茱蒂鼓勵她，有時來看看她，摸摸她的頭誇她幾句，這樣她就會像女兒般聽從您。

這獎學金不是恩惠，是我努力學習得來的獎賞，我是不會放棄的。假如您再堅持，我就連零用錢也不要您的了。這是**最後通牒**①！

我還有個想法：若是您擔心我領了獎學金，會剝奪別人受教育機會的話，那麼我有個辦法——您把原本供我上學的錢，用來資助孤兒院的其他女孩，這不很好嗎？不過叔叔，您還是要喜歡我比喜歡她多一些的喔！

　　希望您的秘書不會不高興，因為我沒採納他的建議。我把他寵壞了，以前一直按他的指示辦，這次我可是堅決不依。

　　　　　您的下定決心永不改變的吉露莎・艾伯特
　　　　　九月三十日

親愛的長腿叔叔：

　　朱麗亞邀請我到她家過聖誕節，近來她似乎很喜歡我。

　　說真心話，我寧可去莎莉家的，但是朱麗亞先邀

①**最後通牒**：一國對另一國提出的外交文書，指令對方必須接受其要求，否則將使用武力或採取其他強制措施。這種文書限在一定時期內答覆。

請了我。一想到會見到潘特頓家的很多人，我有些膽怯，還得準備一些新衣服。所以，叔叔，假如您認為我留在學校比較好，請儘管來信，我會聽從的。

閒時我在讀湯馬斯·赫胥黎的書，懂得了什麼是始祖鳥。今年我選修經濟學，讀完後我再學有關慈善事業和政革教育的課程，這樣我就知道怎樣管理孤兒院了。您不覺得如果我有投票權，我會是一個值得讚揚的選民嗎？上星期我已滿二十一歲，國家把我這個誠實、有教養、有良心、有智慧的公民拋在一邊，真是莫大的浪費。

這是僅存的一幅始祖鳥畫像。

永遠是您的茱蒂
十一月九日

知識泉

湯馬斯·赫胥黎（1825-1895）：英國生物學家。

始祖鳥：一種古生物，脊椎動物，頭部像鳥，有爪和翅膀，稍能飛行，有牙，尾巴很長，由二十個尾椎骨構成。除身上有鳥類的羽毛外，跟爬行動物相似。是爬行動物進化到鳥類的中間類型，鳥類的祖先，出現在侏羅紀時期，現已絕跡。

親愛的長腿叔叔：

謝謝您同意我去朱麗亞家作客——我想沉默就是答允吧。

最近社交活動多極了。上星期學校舉行創校紀念日舞會，只有高年級才可參加。我邀請莎莉的哥哥傑米當舞伴，莎莉請了傑米的同室同學，一個紅頭髮的和氣的青年人；朱麗亞的舞伴來自紐約的一個什麼家族。

我們的客人星期五下午來到，旅館都住滿了，傑米說下次他要自己帶帳篷來住在校園裏。晚上七點半，校長舉行招待會和舞會。我發現傑米是個麻煩的舞伴，和我跳了三支舞還說不夠，不肯和陌生女孩跳。

第二日早上有場合唱音樂會，您猜那首歌是誰寫的詞？猜對了，是我呀！告訴您叔叔，您培養的小孤兒現在挺走紅的呢！

總之，這兩天主賓都玩得很盡興。普林斯頓來的兩位男生也邀請我們明年去參加他們學校的舞會，希望您不會反對。

在這次舞會上，我們都穿了新衣服。朱麗亞的奶油色綢裙上繡着金線花樣，那是在巴黎訂購的名牌貨，聽說價值不菲呢。莎莉穿一套鑲波斯花邊的淡藍色衣服，很迷人。我的那套是用粉紅法國**縐綢**^①做的，鑲着啡色花邊和玫瑰色緞帶。我把傑米送的紅玫瑰捧在胸前。我們還穿着長統絲襪和緞子舞鞋，披着薄紗巾……

您別以為我很貪慕虛榮，愛美是人類的天性呀。讓我告訴您一個我新發現的秘密，請聽：

我很漂亮。

這是真的，房間裏的三面鏡都這樣告訴我，我不會笨得看不出來。

一個朋友

十二月七日

又及：這是您在小説中常見到的那種邪惡的**匿名信**^②。

---

①**縐綢**：一種高級綢料，表面有凹凹凸凸的條紋。

②**匿名信**：不具名或不寫真實姓名的信，多是為達到揭發別人私隱、恐嚇、欺騙或舉報不法行為並防止報復等目的而寫的。

親愛的**長腿叔叔**：

　　我很匆忙，要上兩節課，然後收拾行李，趕乘下午四點的火車。但在出發前我一定要告訴您，我多麼喜歡收到您的聖誕禮物。

　　皮大衣、圍巾、項鏈、手套、手帕、書、錢包……我都喜歡，當然最喜歡的是您。不過，叔叔，您不能這樣寵我，我是個普通女孩，在這樣的物質誘惑面前，叫我怎能專心讀書呢？

　　現在我能猜到，每年給孤兒院送聖誕樹和冰淇淋的匿名贊助人是誰！

　　您做了這麼多好事，一定會有好報的。

　　再見了，祝您聖誕快樂！

永遠是您的**茱蒂**

十二月二十日

親愛的**叔叔**：

　　本想在紐約給您寫信的，但那個城市太吸引人

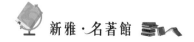

了，令我分身乏術。

　　我在那裏度過了一段有趣快樂的時光，不過，我慶幸自己不屬於那個家庭！我寧願在孤兒院長大，雖然這背景令我自卑，但至少我不必矯揉造作。這家人的物質生活把人壓得透不過氣來，直到我坐上特快列車回校，我才鬆了一口氣。朱麗亞家裏所有的家具都是精雕細刻、富麗堂皇，我所見到的每個人都穿着講究、彬彬有禮、説話輕聲細氣。但是，從我進門到離開，我沒聽到過一句真話，這扇大門後面是沒有任何思想的。

　　朱麗亞的母親只知道珠寶首飾、名牌時裝、交際應酬，她和莎莉的母親是多麼不同！假如我以後結婚成家，我要把兒女培養成莎莉家那樣的，而不是潘特頓家族那種。我這樣批評邀請我去作客的人家，很不禮貌吧？請原諒。把這些話作為我與您之間的秘密吧。

　　我只在一次下午茶時間見到吉維少爺，沒機會和他單獨談，真有點失望。我覺得他不怎麼喜歡他的親戚，他們也不喜歡他。朱麗亞的母親説他精神有些

不平衡，是個社會主義者；又說他們家族世世代代都是聖公會信徒，不知道他哪兒撿來這些稀奇古怪的想法——把錢狂熱地用在什麼改革事業上，而不是像常人般買遊艇、汽車和玩**馬球**①。

我也要成為一個社會主義者，您不介意吧，叔叔？他們和無政府主義者不同，不亂轟濫炸。可能我是天生的社會主義者，我屬於無產階級。可是我還沒決定做哪類社會主義者，讓我考慮好後再宣布。

> ### 知識泉
>
> **無政府主義**：是一種政治思潮，它否定在任何歷史條件下的一切國家政權，反對任何組織、紀律和權威。

在紐約，我看到了許多劇院、飯店和豪宅，簡直目不暇接。但是，回到學校讀書卻令我非常高興，校園那寧靜的學術氣氛比紐約更令人自在、令人感到充實。大學生活使你思想活躍，使你生氣勃勃，使你心滿意足。

更重要的是，現在我已發現快樂的真諦——活在

---

①**馬球**：騎在馬上擊球、追球的一種運動。球一般用藤、竹根製成，球面塗以白漆。比賽分兩隊，每隊四人。運動員用曲棍將球擊入對方球門，多者為勝。

當下，珍惜現在的一切，不要為過去的事悔恨，也不必空想將來，要把握目前的每一刻，享受生活。有些人過日子好像在賽跑，努力去達到一個遙遠的目標，弄得自己精疲力竭，錯過了人生道路上的美景。我打算在路邊坐下來，細細享受生命中的種種小快樂，即使成不了大作家也無妨。叔叔，您見過像我這樣的哲學家嗎？

您的茱蒂
一月十一日

親愛的同志：

萬歲！我決定了：我是費賓主義者。

那是一種肯耐心等待的社會主義者。我們不希望明天就爆發社會革命，這樣會引起混亂。我們將使它在遙遠的將來逐步實現，必須在我們所有人都作好準備承受其震盪

> **知識泉**
>
> 費賓主義者：費賓主義的信仰者。費賓主義是英國一種資產階級改良主義思潮，它反對無產階級革命和專政，主張採取溫和緩進的辦法，利用資產階級現有國家政權和政府機構，逐步進行社會改革。

的時候。

　　目前我們要着手做的是：改革工業、教育事業和孤兒院。此致

　　兄弟般的敬意

茱蒂

星期一，三點鐘

───────────────

親愛的長腿叔叔：

　　不要因為我寫得這麼少而不高興。這不是一封信，而只是想告訴您，等我一考完試就馬上給您寫信。這次我不僅要及格，而且一定要考得好，因為我要保住我的獎學金。

用功讀書的茱蒂

二月十一日

───────────────

親愛的長腿叔叔：

　　今晚校長演講時説，時下的年輕一代膚淺沒教

養，失去了前輩勤奮學習、追求理想的精神，尤其表現在對長者的態度上，目無尊長沒禮貌。

走出會場，我腦子清醒多了。

叔叔，我以前是否太隨便了？我對您是否應更莊重些、恭敬些，應保持一定的距離？是的，我想我應該如此。我將重新開始。

敬愛的史密斯先生：

您一定樂於聽到下面這個消息——這次年中考試，我全部及格，進入了新學期。這學期不學化學了，要學生物，但我怕解剖青蛙和蚯蚓。

上星期聽了一場生動有趣的演講，是關於法國南部的羅馬遺址的。

英國文學課上，我們在讀華茲華斯的詩，寫得真棒呀！以他

知識泉

羅馬遺址：公元前三世紀以後，古羅馬帝國成為地中海地區的奴隸制強國，其高度發展的文化藝術對西方各國產生相當大的影響。法國南部很多城鎮建造了具羅馬風格的神廟、鬥獸場等建築物，這些遺址現已成旅遊勝地。

華茲華斯（1810-1850）：英國詩人，與雪萊、拜倫、濟慈同為十九世紀初浪漫主義詩歌的代表人物。

及雪萊、拜倫、濟慈為代表的十九世紀初的浪漫主義運動，比前階段的古典文學時期更吸引我。

莎莉送我一件游泳衣（因為縮水她不能穿了），我要開始學游泳。

近日天氣非常好，藍天白雲，陽光普照。

祝您如常安康！

和以前一樣熱情的吉露莎・艾伯特

三月五日

親愛的叔叔：

春回大地！您真應該來看看我們美麗的校園。上星期五吉維少爺路過這裏，可是他來得不巧，朱麗亞、莎莉和我正趕着去乘火車。您猜我們去哪裏？去普林斯頓大學參加舞會和看球賽。對不起，這次事先沒徵求您的同意，因為我預感到您的秘書會說「不」。請放心吧，一切都合乎規矩，我們向學校請了假，莎莉的母親陪我們一起去的。玩得很痛快。

四月二十四日

今天天沒亮就起牀！是巡夜人把我們六人叫醒的。喝了咖啡後我們步行兩英里，到獨樹山上去看日出。快到山頂的那段路，我們是手腳並用爬上去的，差點錯過日出的時間！

本想給您多寫些的，關於發出新芽的樹、體育場上新鋪的**煤碴**①跑道、明天那可怕的生物課、湖中的新遊船、我的三件新衣……可是我實在太睏了。這不是藉口，女子大學是個忙碌的地方，何況今天又起個大早！

愛您的*茱蒂*
星期六

---

①**煤碴**：煤燃燒後剩下的東西，也叫煤核，常用以製磚、鋪路等。

親愛的長腿叔叔：

　　附上一張初次發表的畫，它看來像一隻被吊在繩子上的蜘蛛，其實這是我，是我在體育館的游泳池裏練游泳。

　　教練把掛在天花板滑輪上的繩子鈎住我的腰帶，對初學者來說這是一個很妙的辦法。可是我不怎麼信任她，總擔心她會把繩子鬆掉。我只好一隻眼盯着岸上的教練，用另一隻眼游泳，一心二用，所以進步不大。

　　莎莉要我去打網球，再見了。

五月十五日

　　這封信早該發出，但一直沒寫完，請您原諒。我真的很喜歡給您寫信——這使我感到我有家，我有親人。讓我告訴您，您不是與我通信的唯一男子，還有另外兩個！冬天以來我收到吉維少爺幾封漂亮的長信（為了不使朱麗亞認出筆跡，信封是用打字機打的），您吃驚嗎？還有，差不多每個星期都收到傑米

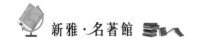

從普林斯頓寄來的信。我認認真真地回覆每一封信。所以您看，我和別的女孩子一樣——會收到別人來信。

我有沒有告訴您，我被選為高年級話劇社的成員？這是一個很受人歡迎的組織，全校一千人中只有七十五個成員。作為一個堅定的社會主義者，您認為我應該參加嗎？

您猜最近我對社會學的什麼題目感興趣？我正在寫一篇論文，題為《關於被贍養兒童的照看問題》。教授把所有的題目紙攪混在一起，隨意分發給我們，我正好拿到這個題目，有意思吧？

晚餐的鈴聲響了，路過郵筒時我會把信寄出。

愛您的**茱蒂**

一個星期後

親愛的叔叔：

最近忙極了——畢業典禮十天以後舉行，明天開始考試，一大堆書要溫習，一大堆行裝要整理。窗外

的世界那麼美麗，被關在屋裏真要命！

　　沒關係，就要放假了。這個暑假朱麗亞要去國外旅行，她是第四次出國了，毫無疑問，每人的命運不同。莎莉照常去亞迪朗達克。我呢？您猜猜我去哪？給您猜三次。羅克威洛？錯。和莎莉去亞迪朗達克？錯。（我再也不敢試了，去年使我太沮喪。）猜不到了吧？讓我來告訴您，您可別反對喔，我已警告您秘書説我已下定決心。

　　這個夏天我會在一位查理斯・巴特遜太太的海邊別墅度過，輔導她女兒考大學，兼教英文和拉丁文。我是在莎莉家認識她的，她人很好，主動提出要付我一個月五十元，其實我連二十五元都羞於説出口呢。

　　九月一日我將做完這份暑期工，之後的三個星期我可能去羅克威洛，我很想見見森普夫婦和那些可愛的動物們。

　　叔叔，您覺得我這個安排怎麼樣？您瞧，我已經漸漸獨立了。您幫我站了起來，現在我可以自己行走了。

　　普林斯頓的畢業典禮碰巧是我們考試的日子，我

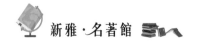
和莎莉都不能去了，這真是個沉重的打擊。

再見，叔叔！希望您過一個愉快的夏天，秋天回來時休息得好好的，精神奕奕地投入下一年的工作。（嘻嘻，這些話應該是您對我說的）我完全不知道夏天您做什麼，您玩高爾夫球嗎？還是打獵？騎馬？或是坐在太陽底下沉思默想？我想像不出。

不管您做什麼，希望您過得快樂，別忘了茱蒂喲！

六月四日

親愛的叔叔：

從未覺得這樣難以下筆，可是我已決定了自己該怎麼做，不會回頭。

這個夏天您要送我到歐洲去，您真是對我太好了，我差點心動；但再三考慮後，我決定說「不」。我既然拒絕了您贊助我的學費，又用這錢去玩，這算什麼呢！您不應該讓我過奢華的生活。人們不會想念從沒擁有的東西，一旦他們認為這些東西是自己理所

當然應得的，得不到它們時就會十分痛苦。與莎莉和朱麗亞住在一起，對我是個巨大的壓力。她倆**含着銀匙出生**[①]，享受幸福是理所當然的事；而我則不同，這個世界沒欠我什麼，從一開始我就明白這點。我沒有權利要求得到什麼，一切要靠自己爭取。

希望您能明白我的意思。總之，我強烈感到今年夏天我必須去教書，開始自力更生。

六月十日

寫到這兒，您猜發生了什麼事？女傭拿了吉維少爺的名片進來。他説他這個夏天也去國外旅行，不是和朱麗亞一家，而是獨自一人去。我告訴他您邀請我與一位夫人作伴去歐洲——叔叔，他知道您，知道我父母早亡，一位好心的紳士送我進大學。我只是還沒勇氣告訴他孤兒院的事，他以為您是我的監護人，也許是父親的老友。我從沒告訴他我不認識您——這聽起來實在太奇怪了。

[①]**含着銀匙出生**：用來比喻出生於富貴之家，不愁吃穿，受到萬般寵愛。

他堅持認為我應該去歐洲，說這也是我所受教育中很必要的一部分，不該拒絕。而且到時他也會在巴黎，我們可以偷偷地從夫人那兒溜出來，到富有異國情調的餐廳去用餐。

叔叔，這多吸引人啊，我差點動搖了，如果他不是那麼專制的話。我只能被人一步步地説服，但我受不了強壓。他説我是個愚蠢、呆笨、古怪又固執的孩子，不知好歹，應聽聽長輩的勸告。我們幾乎吵了起來。

於是我趕快收拾行李來到這裏，作此**破釜沉舟**[1]的一舉。希望在這封信完成之前，使歐洲之旅的爭論告一段落。現在我已身處巴特遜太太的海邊別墅，行李已打開，她的小女兒佛勞倫絲已在背誦名詞的詞尾變化了。這孩子從小被寵壞了，只知道吃冰淇淋喝汽水，我得對她從頭教起。

您瞧，叔叔，我拒絕了誘惑，全心投入了工作。

---

[1] **破釜沉舟**：故事出自《史記》，項羽跟秦兵打仗，過河後把軍隊用的炊鍋都打破，把渡船都弄沉，表示不再回來。後世用這成語來比喻下定決心，不顧一切幹到底。

請您別生氣，別以為我不知感恩。您的恩惠我一直銘記在心，報答您的唯一辦法是努力使自己成為一個很有用的人。這樣，以後您見到我時可以說：「是我把這個很有用的人帶到世界上來的。」

這聽起來不錯吧？不過，叔叔，我不想誤導您。我一直認為自己沒什麼了不起，只是有時打算一下自己將來的職業是很有趣的事。幾乎可以肯定，以後我只是一個極普通的人，最終嫁給一個**殯儀商**[①]，相夫教子一生。

您的茱蒂
四天後於馬克諾力亞

親愛的 長腿叔叔：

窗外是美麗的海景。可是我每天上午要與拉丁文、英文和代數打交道，還有那兩個笨女學生。可是她倆真美，我想只要她們長得漂亮，笨不笨就無關緊

[①]**殯儀商**：替人操辦出殯、葬禮等喪事的商人。

要的了。

　　下午不**漲潮**[1]的話，我們去游泳。我可以自如地在海水裏游，您看，我能學以致用了。

　　吉維少爺從巴黎寄來一封信，寫得很短，看來因我拒絕聽他勸告而仍在生氣。他説他回來時如果有時間，會到羅克威洛農莊看我，並住幾日。我想若是到時我表現得乖些，我們會和好如初。

　　莎莉也來了信，要我九月到她們的營地去玩兩周。我需要取得您的同意嗎？還是我可以按自己意願去做？我想我這個大四學生可以自己決定了。工作了一個夏天，該玩玩了；我想看看亞迪朗達克；我想見

---

[1]**漲潮**：由於月亮和太陽的引力而產生海洋水位定時上升的現象。

到莎莉和她哥哥傑米，他要教我划獨木舟。還有，我的主要動機是（瞧我有多壞），要使吉維少爺到羅克威洛農莊時見不到我！

　　我必須讓他知道，他不能對我發號施令，誰都不能，除了您，叔叔。不過您也不能永遠如此。好了，我們要去森林了。

茱蒂

八月十九日

親愛的叔叔：

您的信來晚了（這使我很高興），我已到這營地五天了。下次您有指示給我，務必要您秘書兩周前就來信告訴我。

森林真好，這營地、這天氣、莎莉一家，以及這整個世界都是這麼美妙，我是多麼快樂啊！

傑米叫我去划獨木舟了，再見！很抱歉沒有聽從您，不過您為什麼不肯讓我在工作了整個暑假後玩幾天呢？您真像**伊索寓言中那可惡的狗**[①]。

不管怎樣，我還是愛您的，叔叔。儘管您有很多缺點。

茱蒂

九月六日 於亞迪朗達克營地

[①] **伊索寓言中那可惡的狗**：指那些自己不能享受某物，又不肯給別人的人。出自《伊索寓言》中的一則。伊索（公元前 619-560），希臘雅典的一個奴隸，善講故事。在他死後約二百年，人們把他說過的故事結集成《伊索寓言》。

親愛的長腿叔叔：

我回到了學校，是四年級生了，又是校刊的編輯。想想吧，一個孤兒四年內能有這麼大的變化，似乎是不可能的事！

羅克威洛農莊轉來吉維少爺的短信，說很抱歉他今年秋天不能去農莊了，因為有朋友約他去乘快艇玩，希望我夏天在那裏過得愉快。我想他明知我去莎莉那兒了，朱麗亞肯定告訴了他。你們男人耍手腕真不如女人。

朱麗亞帶回來一箱子漂亮衣服，其中有一件泡泡紗做的巴黎晚禮服，那真是天使才配穿的。本來我以為自己的新禮服夠漂亮了——那是一個收費便宜的裁縫替我按照巴特遜太太的禮服樣子縫製的，當朱麗亞一打開箱子我就目瞪口呆，只盼有生之年能去一次巴黎！

親愛的叔叔，您一定慶幸自己還好不是個女孩子，看見我們為服飾如此瘋狂，會說我們太愚蠢。的確如此，誰叫我們是女孩子呢！

　　不過，能為漂亮服飾費些心思，能把自己悉心打扮，這是女孩子的特權，也是男人們無法領略的一種樂趣啊！

　　叔叔，您想不想聽一個真實的故事？有一位大學教授，道貌岸然，口裏常說女人們不必過分注意裝扮，服飾不必豪華，實用就可云云。他的太太遵從他的指示，穿着一向樸素無華，不注重打扮。後來發生了什麼事，您能猜到嗎？那位唱高調的教授竟撇下他的妻子，和一個妖豔的歌舞女郎私奔了！

　　又及：負責打掃我們宿舍這一層房間的清潔女工，總是圍着一條藍格子花紋的布圍裙，我看了心裏不是味兒。昨天，我特意買來一條咖啡色的新圍裙送給她，請她把舊圍裙給我。我打算把這條藍格子圍裙扔到湖裏，再也別見到它。因為每次見到這種布料，我就會想起在孤兒院度過的那段不愉快的日子。

您永遠的茱蒂

十月三日

親愛的長腿叔叔：

我的文學事業受到極大打擊，不知這是否應該告訴您，但是我需要有人同情——無聲的同情，來信時您什麼也不用說。

我花了去年整個冬天和今年暑假教學生的所有閒暇時間，寫了一部長篇小說，開學前寄給了一家出版社。昨天早上收到一個快遞郵包（還欠資三角），裏面是退稿和出版商的一封信，寫得如父親般慈愛，但非常坦率地指出：故事情節不真實，人物描寫太誇張，對話不自然，有些幽默感但品味不高。並建議我全力讀書，畢業後再寫。

我本來計劃在畢業前寫出一部小說，以此給您一個驚喜。但我不得不承認他說得對。小說的素材是去年聖誕在朱麗亞家時收集的，看來在兩個星期內觀察一個大城市的文化習俗是遠遠不夠的。

昨天下午散步時經過煤氣站，我把小說稿投進了他們的爐子中去，我感到好像是火葬了我的獨生子！

昨晚上牀時我心煩意亂，我想我將一事無成，白花了您的錢。可是早上醒來，滿腦又是全新的設想，

一整天我都在構思新小説的人物，心情愉快。誰説我是個悲觀主義者？假如有一天地震吞掉了我的丈夫和十二個孩子，第二天我會微笑着跳下牀，開始新的生活。

愛您的茱蒂

十一月十七日

親愛的長腿叔叔：

昨夜我做了一個有趣的夢，夢見自己走進一家書店，店員拿給我一本新書，書名是《茱蒂·艾伯特的生平與書信》。我記得很清楚，書是紅色封面的精裝本，印着葛利爾孤兒院的全貌，扉頁有我的照片。我迅速翻到後頁，想看看墓誌銘①是怎麼寫的，卻在這時醒了。真掃興，我差一點就能知道以後我會嫁給誰，會在那天死去。

今年我繼續讀生物，這門課很有意思。現正在

----

①**墓誌銘**：刻在基上記有死者生平事跡的石刻文字。

知識泉

十二指腸：小腸的第一段，較粗，約有十二個橫排着的指頭那麼長，上接胃，下接空腸。胰腺和膽囊的開口都在這裏。

學消化系統，顯微鏡下貓的十二指腸切片太有趣了。我也在學哲學，有趣但太空幻。您相信自由意志嗎？我相信。我不同意宿命論，一個人一切都聽天由命，那他就坐着等死吧，什麼也別做了。我完全相信自己的意志和能力，這種信心能移山倒海。您等着吧，我一定能成為偉大的作家！我的新小説已寫完四章。

　　這封信寫得太玄了吧，您看得頭痛嗎？最近的體操課教各種舞蹈，我能優雅地用腳尖來旋轉呢，我的芭蕾舞姿美妙不美妙？

愛您的茱蒂

十二月十四日

我親愛、親愛的長腿叔叔：

　　叔叔，您怎麼搞的？昏了頭吧？怎麼能一下子給一個女孩送上十七件聖誕禮物呢？請別忘了，我是一個社會主義者，您要把我變成富家女嗎？

　　以後若是我們吵翻了，那我還得租輛大貨車把所有的禮物退還給您呢。

　　千遍萬遍謝謝您，叔叔。您是天下最好的、也是最傻的人！

　　附上從營地帶回的一株四葉苜蓿[1]，祝您新年好運！

茱蒂

十二月二十六日

---

[1] **苜蓿**：多年生草本植物，俗稱「三葉草」，四葉苜蓿是稀有的變種，在歐美是幸運的象徵。

叔叔，您是否願意做一件好事，保證您能永得**超生**^①？有一個家庭目前處境極端困難：在玻璃廠做工的父親得了肺病住院，花盡了積蓄；二十四歲的大女兒負起了養活全家六口的重擔，她白天替人縫衣，賺一元五角一天，晚上繡桌布，日夜操勞，還不知怎麼熬過這個冬天。您是我認識的人中最有錢的，您能否給他們一百元？這樣他們就能買煤過冬，三個小孩能有鞋穿着上學。那女孩比我更需要您的幫助呢。

哲學課難透了，明天全講叔本華，教授是個**乖戾**^②的怪人。

您知道我新寫的小說稿在哪兒嗎？在垃圾桶裏，我覺得寫得不好。

一月九日

叔叔，我在病牀上寫信，這兩天我的扁桃腺發

> **知識泉**
>
> 叔本華（1788-1860）：德國哲學家。他的思想對近代的學術界、文化界有深遠影響。

^①**超生**：佛教用語，指人死後靈魂投生為人。
^②**乖戾**：指性情、言語、行為等不合情理，難以應付。

炎，喉部腫脹，只能喝牛奶。醫生怪我父母為何不在我小時割掉我的扁桃腺，我怎知道？

您的茱蒂，稍後幾天

親愛的慈善家先生：

昨天收到了您的支票，非常感謝！我體育課也不上，趕快給他們送去。您該看看那女孩的表情！她又驚訝又高興又鬆了一口氣，人也變得年輕了。她母親知道那張紙片就是一百元時，大聲叫道：「感謝上帝！」

「不是上帝，是我的長腿叔叔！」我説。

「是上帝使他這樣做的。」她説。

「根本不是！是我叫他這樣做的。」

不管怎樣，我相信上帝會報答您的，您可以在**煉獄**①裏少呆一萬年！

感恩的茱蒂·艾伯特
一月十二日

---

①**煉獄**：天主教指人生前罪惡沒有贖盡，死後在上天國之前洗淨靈魂中罪惡、暫時受罰的地方。

親愛的贊助人先生：

明天是這個月的第一個星期三，是孤兒院最令人討厭的一天。直到下午五點，你們摸過孩子們的頭離開後，我們才鬆口氣。您摸過我的頭嗎，叔叔？我想沒有過，因為我記憶中的贊助人都很胖。

請轉達我對孤兒院的愛，真心誠意的愛。四年之後再回顧孤兒院，心中有一種溫暖的感覺。剛來大學時，我怨恨自己被剝奪了正常的童年；現在我不那麼想了，我把它看作是一種不尋常的經歷，使我可以從另一角度更深刻地觀察人生，這是那些富裕家庭的女孩得不到的。像朱麗亞，生在福中不知福；而我，每分鐘都意識到自己生活得很快樂。我會一直如此。將來如果發生什麼不愉快的事，我會看作一種有趣的經驗來體會它。

不過，以後假如我像盧梭那

> **知識泉**
>
> 盧梭（1712-1778）：十八世紀法國啟蒙思想家。他出生時母親因難產而死，十歲時父親又拋棄了他。成人後他曾與一洗衣女同居，生下五名子女，但都被他遺棄在孤兒院門口。晚年時，他對自己遺棄子女的做法感到後悔。

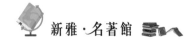

樣有五個孩子，我也絕不會把他們遺棄在孤兒院門階上的。

愛您的茱蒂

三月五日

親愛的叔叔：

您注意到郵戳嗎？我和莎莉趁復活節假到羅克威洛來圖個清靜，我們在農莊散步、爬山、看書、寫作，過得很悠閒。今早我們爬上天山頂，見到上次我和吉維少爺一起煮晚餐的地方，真難想像這已是快兩年前的事了。

看到那被煙燻黑的石頭，睹物思人，他不在這兒，我感到很寂寞。

您知道近來我在做什麼？您會笑我真死心眼兒——三星期前我又開始寫小說，進展迅速。這次我找到了竅門，吉維少爺和出版社編輯説得對：只有寫自己熟悉的東西才能打動人。這次我寫的就是我最熟悉的孤兒院。這本書一定完成，一定出版！只要下定

決心努力去做，就會成功。四年來我一直想得到您寫的信，至今還沒放棄這個希望。

　　農莊的消息不大好：老馬格勞弗壽終正寢；九隻小雞被黃鼠狼或臭鼬鼠吃掉了；一頭母牛病了，請來的獸醫餵了牠很多亞麻子油。

愛您的茱蒂

四月四日於羅克威洛

親愛的長腿叔叔：

　　三個星期後的星期三舉行畢業典禮，我想請您來參加並和我見一面。朱麗亞邀請了吉維少爺作家長代表，莎莉的家長代表是她哥哥傑米。我能請誰呢？只有您和莉貝特院長，我不要她來，請您一定要來！您若不來，我將抱恨終生！

茱蒂

五月十七日

親愛的長腿叔叔：

我畢業了！畢業證書在我抽屜裏。謝謝您送來的玫瑰花，很可愛。我把吉維少爺和傑米送的玫瑰放在浴缸裏，畢業典禮上捧的是您的花束。

我來羅克威洛過夏天，也許永遠呆在這兒了。這兒食宿便宜，環境安靜，適宜寫作。我現在日夜不停地在忙我的小說，夢中也在構思呢。

吉維少爺會在八月間來玩一星期，傑米也會在路過時來訪，他在一家證券交易所工作，要到各地向銀行推銷債券。我也期待您哪天駕車經過這裏——但我知道這是不可能的了，您不來參加我的畢業典禮，我已經把您從心中抹去，永遠埋葬了。

文學士 茱蒂‧艾伯特
六月十九日於羅克威洛

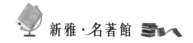

親愛的**長腿叔叔**：

　　您到底在哪裏？出了點事，我要聽聽您的想法，我能見見您嗎？

茱蒂

九月十九日於羅克威洛

　　又及：我很不開心。

親愛的**長腿叔叔**：

　　早上收到您的親筆短信，您病了，字跡顫抖得很厲害。真抱歉，我還用自己的事來打擾您。好吧，我現在就來告訴您，請您看信後燒掉它。開始講我的事之前，請先收下附上的一千元支票。叔叔，我的小說賣掉了，將分七次在雜誌上連載，之後出版單行本！我很高興能開始還錢給您，我還欠您兩千多元，我將分期償還，請別拒絕我。

　　現在我要告訴您那件事，聽聽您的忠告。我在信中一直提到的吉維少爺，比我大十四歲，可是我倆十分投契，幾乎對每件事的想法都一樣。我不知該怎麼說，他不在時我好想他，覺得世界空虛，痛苦得很。

這就是愛的感覺吧？可是我拒絕了他的求婚，沒說明理由。他以為我要嫁給傑米。

　　我拒絕他是因為我太在乎他、太喜歡他了。我怕他將來會後悔。我從沒對他說過孤兒院的事，像我這種沒有身分、來歷不明的女孩，與他那顯赫的家族太不相稱了，我不希望這會成為我倆日後紛爭的根源。而且，我認為您供我上大學，希望我成為作家，我對您必須努力盡自己的義務。

　　他痛苦地走了，兩個月沒有消息。最近朱麗亞來信說到他在加拿大打獵時淋了雨，得了肺炎。我聽了很傷心，叔叔，我該怎麼辦？

茱蒂

十月三日於羅克威洛

最親愛的長腿叔叔：

　　好的，我一定會來，下星期三下午四點半。我會找到路的，紐約我已去過三次了。真不敢相信我就要見到您了。請多保重。

茱蒂　十月六日

我最最親愛的吉維少爺——

長腿叔叔——潘特頓·史密斯先生：

昨晚您睡着了嗎？我一夜沒合眼。我太驚訝太興奮太困惑太高興了！昨天是我一生中最美好的一天，假如我活到九十九歲，也不會忘記每一細節。清早從農莊出發和晚上歸來的少女簡直判若兩人。

當我從您家明亮的客廳走進書房時，什麼也看不清。漸漸才見到**安樂椅**①上坐着一個人，膝上蓋着

毛毯。他搖搖晃晃地站起來，凝視着我……我認出是您！我以為是叔叔安排您來此與我見面，給我一個驚喜。然後您笑了，伸出手來說：「親愛的小茱蒂，你猜不到我就是長腿叔叔嗎？」

一瞬間我恍然大悟！我太笨了，只要稍稍聰明一些，就能從很多小事上早就猜到。我成不了一個好偵探。叔叔？吉維？我該怎麼稱呼你呢？

我們甜蜜地相處了半小時，直到醫生把我趕走。我恍恍惚惚地好像在作夢，您也迷糊得忘了請我喝茶。但我們兩人都感到非常非常快樂。請趕快養好病，我們就會再相聚，我多麼想念您啊！我們真正地屬於對方，我終於有了個歸宿，這真是一種幸福的感覺。我決不再讓你悲傷了。

幸福的感覺包圍着我，我想從此以後，我大概都不能好好吃飯睡覺了。可是您一定得好好吃、睡、休息，這樣您的身體才能迅速復原，然後您才能來找我。

---

① **安樂椅**：椅身和兩邊扶手寬大、鋪墊柔軟的大靠背椅，通常放於客廳或書房用。

您是我最思念的人。一想到您被疾病纏身，我就難過得要命，心裏好像有千萬條刺在扎着。您一定得快快好起來呀，在未來漫長的日子裏，我們還要攜手共創幸福美滿的生活呢。

為了使您健康，我必須使自己更健康。我一直擔心您的病情有什麼變化，這種恐懼心理是籠罩在我心頭的陰影，揮之不去。我本是個活潑開朗的人，而如今的我，憂心忡忡、寢食無味，只能為您日夜虔誠祈禱。

您不在我身邊時，我是多麼掛念您啊！我會擔心：您是否會被車輛撞倒？是否會被半空掉下來的擲物擊中？是否會誤食什麼帶菌的不潔食物……我的心不再有平靜的一刻。但我寧願做一個為愛所困、為情所累的女子，而不想再像以前那樣，是個過着平凡生活的普通人。

快快好起來吧，這樣我們就能再相見，我就能觸摸到您，感覺到一個真實的您，才能確定自己並不是在做夢。我真想天天來看您，為您唸詩，讓我們一起來欣賞；我還要用手撫平您額頭的那兩條皺紋，讓您

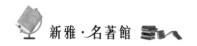

的臉上永遠展現歡樂愉快的笑容。等着吧，我們很快就會相聚了！

永永遠遠是你的茱蒂

星期四早上

又及：這是我寫的第一封情書，我竟知道怎麼寫，有趣嗎？

長腿叔叔

故事脈絡梳理

開端

茱蒂是一個孤兒女孩，生活在孤兒院中。她突然被一位匿名捐助者選中，提供她上大學的機會，並要求她每月寫信給他，但茱蒂只知道他是一位身材高大的人，所以稱呼他為「長腿叔叔」。

發展

茱蒂進入大學，開始寫信給長腿叔叔，以幽默和機智的方式描述她的大學生活。

轉折點

在大學期間，朱蒂認識了吉維少爺，這位好心人一直幫助她，關心她，並幫她慢慢擺脫了過去在孤兒院生活過的陰影。

結局

令朱蒂驚喜的是，長腿叔叔竟然就是她最最親愛的吉維少爺。

高潮

面對吉傑維少爺的求婚，朱蒂因身分差距太大，痛苦萬分。

長腿叔叔

人物形象分析

茱蒂

本故事的女主角，一個孤兒院中的孤兒女孩。她被一位匿名捐助者選中，提供上大學的機會。茱蒂擁有樂觀上進，自強不息的個性。

長腿叔叔／吉維少爺

茱蒂的捐助者，茱蒂只知他的身材高大。實際身分是茱蒂同學的叔叔吉維少爺，他成熟、細心，樂於助人並擁有智慧。

莎莉

茱蒂的大學同學，待人和氣溫柔，樂於助人。和茱蒂成為了好朋友。

莉貝特院長

孤兒院的院長，古板愛說教。實則對孤兒院的工作敬業認真。

長腿叔叔

主題思想
及感悟

主題思想

《長腿叔叔》故事寓意着希望、成長、友誼和超越障礙。它鼓勵讀者相信自己的能力,追求夢想,並珍惜人與人之間的連結和關懷。

感想感悟 ①

希望與奮鬥:故事中的茱蒂是一個孤兒女孩,但她通過努力和機智,克服了困難,實現了自己的夢想。這呈現出希望和奮鬥的力量,以及對自身能力和潛力擁有自信。

感想感悟 ②

自我發現和成長：茱蒂在大學的過程中逐漸發現自己的才華和價值。她通過學習、交友和書信寫作的過程，進一步了解自己，發展了自信和獨立的個性。

感想感悟 ③

友誼的重要性：故事中的茱蒂與室友建立了深厚的友誼。這突顯了友誼對於心靈成長和支持的重要性，同時也突顯了人與人之間的相互依賴和關懷。

1. 茱蒂的性格是怎樣的？你欣賞她的性格嗎？為什麼？

2. 孤兒院的生活對茱蒂有什麼影響？

3. 如果你是長腿叔叔，你會選擇資助怎樣的孩子呢？為什麼？

4. 如果你是茱蒂，你會怎樣報答資助你的長腿叔叔？

5. 茱蒂能夠兼顧學業和課外活動，令校園生活過得多姿多彩。你又會怎樣去平衡你的學業和興趣呢？

6. 你認為如果茱蒂沒有得到長腿叔叔的資助，她能夠成功嗎？為什麼？

郵政小知識

在科技發達的今天，我們有許多不同的聯絡方式，如電話、電郵等。但在茉蒂生活的年代，人們只可以用書信來傳遞信息。你知道郵寄信件時要注意什麼嗎？

1 正確清晰的收件地址

信封正中位置上清晰寫出收件人的國家、地區、城鎮、街道、建築物、樓層、單位號碼等資訊，如有郵政編號也需寫上。寄往海外的郵件可以用目的地的語言書寫地址，但國家和城市名稱必須以英文書寫，以方便本地和海外郵政職員辨認。

2 寄件人地址

在信封正面的左上角或背部寫上寄件人的姓名及地址，如果郵件不能成功投遞，便可以退回給你。

3 確保郵資充足

根據郵件的重量，購買及貼上足夠郵資的郵票，如果郵資不足，郵件的派遞會延遲，收件人也需要繳付欠資及附加費。如收件人拒絕繳付，而郵件又沒有寫上回郵地址，郵件便會銷毀。

珍・維伯斯特
(Jean Webster) (1849-1924)

　　美國小說家，出生於紐約州一個充滿文藝氣息的家庭，父親是出版工作者，母親是知名作家馬克・吐溫的姪女。

　　珍曾就讀於瓦薩爾大學，在校期間已顯露出不凡的文采。她常為學校的校友雜誌和地方報刊寫稿，課餘時間到孤兒院和感化院去服務。

　　1901年大學畢業後，她開始自由寫作的生活。兩年後出版一部描寫大學生活的短篇故事集，之後又寫了多部小說。1912年《長腿叔叔》一出版，即受到讀者的熱烈歡迎，並由她本人改編為無聲電影劇本搬上銀幕，轟動一時。1915年出版續集《親愛的敵人》。同年，她和一位著名律師結婚，次年六月生下一名女嬰，但產後兩天不幸去世，是時不足四十歲。她短促的一生，在文壇的星空留下一道燦爛耀目的光芒。

書名:＿＿＿＿＿＿＿＿＿＿＿＿＿＿＿

作者:＿＿＿＿＿＿＿＿＿＿＿＿＿＿＿

主要人物:＿＿＿＿＿＿＿＿＿＿＿＿＿＿＿＿＿

故事梗概（簡要描述故事的開端、發展、轉折點、高潮和結局）

＿＿＿＿＿＿＿＿＿＿＿＿＿＿＿＿＿＿＿＿＿＿＿＿＿

＿＿＿＿＿＿＿＿＿＿＿＿＿＿＿＿＿＿＿＿＿＿＿＿＿

我的觀點（描述你對故事的看法，包括喜歡的角色、情節或值得思考的主題）

＿＿＿＿＿＿＿＿＿＿＿＿＿＿＿＿＿＿＿＿＿＿＿＿＿

＿＿＿＿＿＿＿＿＿＿＿＿＿＿＿＿＿＿＿＿＿＿＿＿＿

喜歡的場景或章節（描述你最喜歡的場景或章節，並解釋為什麼）

＿＿＿＿＿＿＿＿＿＿＿＿＿＿＿＿＿＿＿＿＿＿＿＿＿

＿＿＿＿＿＿＿＿＿＿＿＿＿＿＿＿＿＿＿＿＿＿＿＿＿

有趣的發現（記錄你在閱讀過程中發現的有趣之處或引人入勝的細節）

引用的句子（選擇你最喜歡或最有啟發的句子，並解釋為什麼）

推薦程度（根據你的閱讀體驗，你會給這個故事幾顆愛心呢？請填上顏色）

♡ ♡ ♡ ♡ ♡

我的感想

新雅 • 名著館

長腿叔叔（附思維導圖）

原　　著：珍・維伯斯特〔美〕
撮　　寫：宋詒瑞
繪　　圖：ruru lo cheng
策　　劃：甄艷慈
責任編輯：周詩韵、張斐然
美術設計：何宙樺、徐嘉裕
出　　版：新雅文化事業有限公司
　　　　　香港英皇道 499 號北角工業大廈 18 樓
　　　　　電話：(852) 2138 7998
　　　　　傳真：(852) 2597 4003
　　　　　網址：http://www.sunya.com.hk
　　　　　電郵：marketing@sunya.com.hk
發　　行：香港聯合書刊物流有限公司
　　　　　香港荃灣德士古道 220-248 號荃灣工業中心 16 樓
　　　　　電話：(852) 2150 2100
　　　　　傳真：(852) 2407 3062
　　　　　電郵：info@suplogistics.com.hk
印　　刷：中華商務彩色印刷有限公司
　　　　　香港新界大埔汀麗路 36 號
版　　次：二〇二四年三月三版

ISBN: 978-962-08-8353-8